너무 그러지 마시어요

나태주 산문시집
너무 그러지 마시어요

1판 1쇄 인쇄 2025. 6. 2.
1판 1쇄 발행 2025. 6. 12.

지은이 나태주

발행인 박강휘
편집 김성태   디자인 윤석진   마케팅 정희윤   홍보 박상연, 김예린
발행처 김영사
등록 1979년 5월 17일 (제406-2003-036호)
주소 경기도 파주시 문발로 197(문발동) 우편번호 10881
전화 마케팅부 031)955-3100, 편집부 031)955-3200 | 팩스 031)955-3111

값은 뒤표지에 있습니다.
ISBN 979-11-7332-233-4 03810

홈페이지 www.gimmyoung.com   블로그 blog.naver.com/gybook
인스타그램 instagram.com/gimmyoung 이메일 bestbook@gimmyoung.com

좋은 독자가 좋은 책을 만듭니다.
김영사는 독자 여러분의 의견에 항상 귀 기울이고 있습니다.

너무
그러지
마시어요

나태주

산문 시집

김영사

시인의 말

애당초 산문시집을 겨냥하고 이 시집을 쓴 것은 아니다.

오랫동안 시를 쓰고 시집을 내면서 시집 안에

산문 형식의 시들을 간간이 써서 넣었는데

이번에 그런 시들만 골라서 시집을 내기로 한 것이다.

산문시도 그렇다.

나는 특별히 산문시를 써야겠다는 필요성이나

의식을 가지고 산문시를 쓰는 사람이 아니다.

더구나 산문시에 관해 내 나름대로의 주장이나

방법론이 있는 것도 아니다.

다만 보통의 시를 쓰다가 무언가 문장이 달리 나갈 때

산문시 형식을 빌렸을 뿐이다.

이렇게 특별한 형식의 시집 한 권을 더 내게 되니

이 역시 나에게는 행운이고 축복이다.

시집을 내주는 김영사와 김성태 편집자에게

감사의 마음을 적는다.

더불어, 지루할지도 모르는 글을 끝까지 읽어줄

독자님들에게도 감사의 말을 미리 전한다.

2025년 봄날, 나태주 씁니다.

차
례

웃을 수밖에 없었네

일러두기

1. 이 시집은 1973년 발간한 제1시집 《대숲 아래서》부터 2023년 발간한 제50시집 《좋은 날 하자》까지의 초판본, 아직 발간하지 않은 제54시집 《낙수시집》(가제)을 저본으로 하여 이 시집들에 수록한 산문시를 추려 엮었다.

2. 수록 순서는 초판 발행 순으로 하는 것을 원칙으로 하였다. 시의 원문을 최대한 변형하지 않는 것을 기준으로 삼되, 독자의 편의를 위해 맞춤법과 띄어쓰기를 현행 맞춤법 규정에 따라 고쳐서 표기한 부분도 있다. 원고에 한자로 표기한 글자는 한글로 바꾸었고 필요한 경우에만 한자를 병기했다. 방언과 음역인 경우나 어감이 현저하게 달라질 경우, 당시의 표기를 그대로 살린 대목도 있다. 저자의 의도에 따라 일부 구절을 다듬었다.

1부

우리가
눈물글썽여짐은

꽃밭

봄 어느 날 마당 귀퉁이를 일구고 거름흙을 섞어 아버지가 만드신 한 평짜리 꽃밭에 나는 집집마다 돌아다니며 꽃모종을 얻어다 심었습니다. 꽃들은 좋아라 잘 자랐고 꽃송이도 제법 많이 달아주었습니다. 비 오는 날 같은 때, 아버지는 새로 꽃핀 그것들을 신기한 듯 유심히 바라보곤 하십니다. 살림에 찌들은 깊은 주름살에도 꽃물이 들어, 오랜 중풍으로 병든 신경에도 풀물이 들어, 어쩌면 꽃들이 아들딸로 보이시는가……. 아버지는 생땅에 일군 꽃밭이고 우리 형제는 그 꽃밭에 피는 꽃송이들. 그렇게 바라시는 마음, 그렇게 바라며 사시는 하늘 같은 마음아.

솔바람 소리 5

눈 내려 햇빛 더욱 환하고 무풍無風한 날에도 곧잘 쏴, 쏴, 먼바다 물거품 소리 토해놓는 소나무. 누군가 비석도 없는 무덤 앞에 높이 섰기로 마련인 겨울 소나무라면, 무덤 속에 들어 백골인 사람들의 슬프고 비린 저승의 꿈길을 이승의 해맑은 날빛으로 빗어서, 함께 흐느끼는 울음소리쯤 합당할 것이요,

마을 어귀나 뒷동산에 초가지붕들을 굽어보며 꾸부정히 서 있기로 마련인 소나무라면, 수절과부와 홀아비의 외롭고 추운 잠자리들을, 이 마을 사람들의 가난한 꿈과 방물장수 할머니의 유리표박流離漂泊까지를, 함께 달래어 흥얼거리는 콧노래쯤 아닐 건가.

내 이담에 죽어 땅에 묻힌 무덤 앞에도 소나무는 그렇게 몇 그루 서 있을 마련이어서, 내 이승에서 못다 한 슬픈 노래와 사랑들을 화안한 날빛으로 빗어서, 함께 흐느끼고 있을 것이 아닐 건가, 아닐 건가.

산골 속 정경

솔가리 나무하려고 갈퀴 하나 가마니 하나 옆구리에 끼고 산골 어귀에 찾아와 선우야 선우야 즈이 동무인 듯싶은 아이 이름을 연거푸 부르며 섰는, 열 살 미만의 사내아이 하나를 본다.

점심밥 먹고 나무하러 가기로 서로 작정해놓고, 밥이 늦어 뒤처져 혼자 뒤따라와, 즈이 동무의 이름이나 부르며 있는 이 아이의 목소리에 답해줄 아이는 과연 어디에 있는가? 메아리도 겨우 되받아, 선우야 선우야 되뇌고 있을 뿐인 이 아이의 곱디고운 미성美聲을.

혹, 백년 뒤라도 이 아이의 손자뻘쯤 되는 아이들 또 새로 많이 나와서, 즈이 할아버지의 아이 때처럼 즈이 동무의 이름이나 부르고 있을지, 참 그건 모르긴 모를 일이다만.

시방 이 아이의 이마 위에 두려운 나래를 펴고, 빙빙 돌고 있는 새매가 그때도 살아 있어, 손자 아이들에게 이런 모양들을 말해주려고 또다시 선회하며 나래를 펼지, 모르긴 모를 일이다만.

산중 서한

산중도 봄이 되니 풀이 푸르오. 머언 산, 가까운 산, 산들은 원근遠近에 따라 짙고 옅은 속옷을 갈아입었소. 산새들의 짓거리며 목청도 많이 달라졌소. 쫓기고 쫓으며 산새들은 낭랑한 은방울을 흔드오. 산중의 햇볕은 이제, 껍질 벗긴 호두 속알처럼 오밀조밀하고 고소하오.

산중에 사는 사람이니 별 욕심이 있을 리 없소만, 큰 산 그늘에 작은 산 그늘이 겹쳐지면서, 산새들의 귀소歸巢가 비워둔 하늘에 연짓빛 노을이 물드는 저녁은, 산사람들에게 있어서 지향 없이 헤매는 한때요. 잊었던 생각 잊었던 사람들의 소식을 듣는 눈물겨운 한때요. 가슴은 잔잔한 강물의 하구河口요.

이어 노을도 스러지고 집난이의 혼들이 의지가지없어 빛을 잃으면, 쑥송편빛 아른아른 밤하늘에 별들이 하나둘 숨을 쉬며 빛나기 시작하오. 비로소 산사람들의 슬픔은 차갑고도 단단하고 맑은 수정이 되오. 아무도 깨뜨릴 수 없는 참 수정이 되어 풀잎 끝에 맺히오.

미루나무를 바라보는 마음

　야들야들 미루나무 속잎새 하나하나에 여린 햇빛이
와 부서지는 거, 여린 바람이 와 손바닥을 까부는 거,
이윽히 바라보아 아, 때때로 우리가 눈물 글썽여짐은,
눈물 글썽여짐은—

　저 눈부신 햇빛의 골목을 돌아서 저 푸르른 바람의
언덕을 넘어서 어디쯤, 우리의 착한 종종머리 소녀 심청
이가, 밥 빌러 갔다가 밥도 얻지 못하고, 해 다 저물어
빈 바가지인 채로, 고개 숙여 아직도 돌아오고 있기 때
문일레라. 필경은, 징검다리 건너다 발을 헛디뎌, 빠른
물살 여울목에 짚신 한 짝 빠뜨려 먹고, 한 짝 발은 벗
은 그대로 훌쩍이며 훌쩍이며, 우리에게로 돌아오고만
있기 때문일레라.

　글쎄, 우리의 착한 심봉사 또한 저만큼 딸을 찾아
자기 배고픈 건 미처 생각지 못하고 쯧쯧 어린 것이 얼
마나 배가 고플꼬? 혀를 차며 더듬더듬 지팡이로 더듬
으며 마중 나오고 있기 때문일레라, 그러기 때문일레라.

메꽃

　마파람이 몹시 불어 미루나무 숲에서 샘물 퍼내는 두레박 소리가 나는 밤, 그때마다 약속이라도 한 듯 청개구리 떼를 지어 목을 놓아 우는 밤에, 애기를 낳지 못하는 아내를 위하여 아내와 함께 울었다. 무엇으로도 부족할 것이 없는 당신이 나 때문에 부족한 사람이 되었으니, 다른 여자 얻어서 애 낳고 살라고, 그렇지만 아주 헤어질 수는 없고 서울에다 전세방 하나 얻어주고 생활비 대주고 한 달에 두어 번만 찾아와 준다면, 그것으로 자족하고 살아가겠으니 물러나겠노라 앙탈하는 아내를 달래다가, 나도 그만 아내 따라 울고 말았다.

　어디 그게 할 말이나 되냐고, 첫애기 잘못되어 여러 번 수술하다 보니 그렇게 된 것이지, 어디 그게 당신 죄냐고 차마 그럴 수는 없는 일이라고, 그러느니 차라리 영아원에 가서 아이 하나 데려다 기르며 같이 살자고, 왜 이런 슬픔이 우리 것이어야만 하느냐고, 남들이 듣지 못하게 작은 목소리로 더욱 작은 울음소리로 느껴 울다가 지쳐 잠이 들었다.

자고 일어난 다음 날 아침, 흙담을 타고 올라가 메꽃 한 송이 피어 있는 게, 그날따라 아프게 눈에 띄었다. 밤사이 우리 울음을 몰래몰래 훔쳐 먹고 우리 눈물을 가만가만 받아먹고, 꺼질 듯한 한숨으로 발가벗은 황토 흙담 위에 피어서 바람에 날리는 메꽃. 그러고 보니 아내 얼굴 또한 누르띵띵하니 부은 게 메꽃같이 보였다. 하긴 아내 눈에 내 얼굴도 메꽃쯤으로 보였으리라. 메꽃! 너, 버려진 땅 아무 데서나 자라, 하루아침 한때를 분단장하고 피었다가, 이내 시들고 마는 푸새. 담홍빛 슬픔의 찌꺼기여.

보리가슬°

　고개, 높은 고개 넘어오다가 숨 가빠서 뻐꾸기 울음 소리 되고 우르르 한 무더기 상수리나무 숲이 되고 고샅 길 삐쳐서 달려가다가 그만 나루터에서 은비늘 파닥이는 물고기가 되었습니다, 바람은. 바가지로 건질까, 조리로 건질까.

　° 시 제목 '보리가슬'은 보리 가을, 즉 보리 벨 무렵이란 뜻

대좌

날이 날마다 산과 눈 맞추며 사노라니 산도 이제는 내 마음을 짐작하겠다는 듯 빙긋 웃으시며 건너다본다.

아 글쎄 봄에는 예쁜 풀꽃 바구니 머리에 받쳐 이고 종종걸음 내게로 걸어오시는 예닐곱 살짜리 계집애의 산이더니, 여름에 산은 부쩍 성숙한 예비숙녀로 자라 챙이 넓은 흰 모자에 팔 없는 흰 블라우스를 차려입고 한 눈 찡긋 손 까불러 나를 부르시는 게 아닌가!

아 또 글쎄 가을에 산은 여름의 깔깔웃음도 다 지워 버리고 두 눈에 촛불을 문 초록 저고리 분홍 치마의 새 각시 되어 고즈넉이 숙인 고개 함초롬히 이슬 머금고 나를 바라보시다가, 이제 겨울이 되니 한 이십 년 더불어 산 본마누라쯤이나 되는 듯이 소나무 잣나무의 푸른 빛만을 연달아 보내고 계시는 게 아닌가!

날이 날마다 산과 마주 앉아 사노라니 산도 이제는 내 마음속 요량을 알겠다는 듯 빙긋 웃으시며 나를 건너다보게 되었다.

하느님은 청소부,
사람들이 아무리 닦고 쓸어도 다는 깨끗이 치우지
못하는 골목 안 쓰레기들을 간밤에 비를 내려 말끔히
말끔히 치워주시고,

하느님은 마술사,
꽁꽁 얼어붙어 웅크린 겨울나무 가지에 봄바람과
봄 햇살을 보내시어 참말로 숨 쉬고 자라는 새싹과 새
꽃잎을 만들어내시고,

하느님은 음악가,
나무숲에 새소리, 개울가에 물소리, 아 소나무 숲에
하늘 바다 물결 소리, 무너져오는 솔바람 소리, 그 뼈와
살의 흐느낌 일게 하시어 세상의 어떤 악기로도 흉내 낼
수 없게 하시고,

하느님은 선생님,
한 해에 봄은 두 번 오지 않으며 아무리 추운 겨울
아무리 더운 여름이라도 때가 되면 기울기 마련이라는

것을 가르쳐주시고, 꽃이 피면 열매 맺을 날이 또한 멀지 않음을 잊지 말라 깨우쳐주시고,

하느님은 사색가,
아침과 저녁때 골짜기마다 밥 짓는 연기와 더불어 이내를 보내시고 하늘에 노을을 띄우시고 맑은 밤하늘에 반짝이는 별을 두어 혼자만의 생각에 골똘히 빠지시고,

하느님은 아이들,
하루에도 몇 번씩 웃고 떠들며 장난질하다가도 금방 심술 나면 싸우고 토라지고 울고 그러다가 또 금방 언제 그랬냐는 듯 친해져서 노는 골목 안 아이들이지요.

하느님은 애인들,
세상 사람들이야 뭐라건 둘이서만 좋아 어쩌지 못해 마주 타오르는 가슴의 불길, 마주치는 두 눈에 타오르는 금은의 불꽃, 모든 로미오와 줄리엣, 모든 이몽룡과 성춘향이지요.

변방 36

　하느님, 우리 마을에 사는 굴뚝각시란 여자를 아시
는지요? 이 여자는 집도 없고 같이 사는 식구도 없어 산
속에 있는 굴을 하나 정하여 거기서 삽니다. 아침이면
마을로 내려와 이 집 저 집 찾아다니며 궂은일 해주고
밥 얻어먹고 헌 옷가지 같은 것들을 주는 대로 들고서
밤이면 굴속에 들어가 헌 옷가지 같은 것들 불에 태워
굴속을 덥히며 사는 그런 여자이지요. 그러니까 머리가
약간 어떻게 된 그런 여자이지요. 그러나 이 여자는 절
대로 사람들한테 나쁜 짓을 하지는 않지요. 오히려 만
나는 사람마다 히죽히죽 웃어주는 아주 착하디착한 여
자이지요. 가끔 보면 불에 타다 남은 옷가지들을 걸치
고 다니기 때문에 사람들은 그녀를 굴뚝각시라 이름 지
어 부르는데 예닐곱 살 초등학교 취학 전 아이들은 굴
뚝각시란 이름만 들어도 질겁을 하며 무서워하지요. 그
러나 이 여자를 무서워하거나 나쁘다 할 이유란 하나도
없지요. 다만 이 여자가 하는 짓 가운데 나쁜 짓이라면
가끔 밥을 못 얻어먹어 배가 고픈 날, 아무 집이나 부엌
에 들어가 밥을 훔쳐 먹는 일이 있는데 그거야 생각 나
름이지요. 이 여자에게는 실상 이 세상의 모든 것이 다

내 것이요, 내 것이 아닌 푼수로서 오히려 그런 짓거리
들은 당연한 일이 아닌가 싶습니다. 하느님, 우리 동네
에 사는 굴뚝각시란 여자를 아시는지요? 다른 어떤 사
람보다도 이 여자는 당신 나라의 식솔이요, 당신 나라의
선량하고 어진 딸이옵니다.

변방 44

용산역 앞 보도블록 위에 쓰러져 잠든 스무 살 남짓
되는 청년을 본다. 술에 취한 것일까, 실신한 것일까. 지
나가는 사람들이 흘낏흘낏 안됐다는 듯 눈살을 찌푸리
며 건너다보며 지나친다. 저 청년에게도 고향이 있고 부
모 형제가 있을 텐데 무엇이 저 청년을 대낮의 길바닥
에 무참히 쓰러져 있게 했을까. 저 청년의 어머니도 분
명 저 청년을 낳고 아들을 낳았다고 시어머니가 끓여주
는 첫국밥을 자랑스럽게 먹었을 텐데……. 저 청년에게
도 하고 싶은 일, 하고 싶은 말이 많고 희망이 남아 있
을 텐데……. 저 청년을 아끼는 사람도 세상엔 있을 텐
데……. 아, 저 청년으로 하여금 사내의 오만까지 꺾고
스스로 길바닥에 몸을 내동댕이치게 한 것은 무엇이었
을까. 나도 스무 살 때는 저래본 적이 없었을까. 저래보
고 싶은 때가 누구에게나 한두 번쯤은 없었을까. 이제
는 적당히 허울을 쓰고 적당히 목숨을 에누리하며 살
줄 알게 된 내가 저 청년을 위해 할 수 있는 일은 무엇인
가! 나는 그 청년이 저녁때가 되어 한기가 들어 깨어나
면 곧바로 제 갈 길을 갈 수 있기를, 그 청년의 머리 위
에 크고 튼튼한 흔들리지 않는 별이 하나 나와 그 청년

이 당당하게 걸어갈 수 있게 이끌어주기를 마음속으로 나마 빌어보며 그 자리를 떠날 수밖에 없었다.

변방 45

셋방살이 신세라서 손바닥만 한 뜨락도 없고 하늘
도 없고 잔디밭도 없고 물소리도 없는 나는 아내에게 젖
먹이를 안기고 큰놈은 걸려서 여름의 더운 해가 기우는
시각을 틈타 사우나탕 속 같은 사글셋방을 나와 산모
퉁이 마을의 풀밭에 앉아 하늘을 보고 물소리를 듣고
저녁때 집 찾아 하늘을 나는 새 떼를 바라본다. 아, 새
떼들도 제집이 있구나, 비록 문패는 붙지 않았고 주민
등록증은 없어도 돌아가 쉴 집이 있구나, 서른다섯 늦
은 나이에 두 아이의 아비가 되어서야 비로소 나는 그
것을 깨닫는다. 집에서 쫓겨난 사람들마냥 아기 기저귀
가방 하나 들고 공터에 나와 보면 더 넓게 보이는 풀밭,
더 아름답게 열리는 하늘, 더 크게 들리는 물소리가 내
것이 아니라도 좋다. 그럼 나는 큰물이 나도 무너질 축
대가 없고 불이 나도 탈 집이 없는 것만 다행으로 알아
야 할까? 공터에 나와 보는 더 넓은 하늘과 풀밭과 시
원한 물소리만 그저 고마워해야 할까? 풀밭에 이슬이
내릴 때까지, 별들이 하늘에 나오고 모기가 피를 빨러
올 때까지, 우리 네 식구는 새들이 사라진 하늘을 바라
보며 집에 돌아가 평안하게 쉬고 있을 새들을 부러워하

며 집으로 돌아가는 시각을 잠시 늦춰본다.

　여름날 소나기 온 뒤 울타리 밑이나 뒤울안 풀숲에 별 무린 양 숨어서 피어나는 새파란 달개비꽃. 그걸 우리는 보리밥풀꽃이라 이름 지어 불렀는데 그 꽃에는 시어머니 등쌀에 죽은 며느리의 슬픈 얘기가 숨어 있어서 어린 우리를 울리곤 했다. 얘기인즉, 어느 마을 마음씨 고약한 시어머니 밑에 시집살이하는 며느리가 흉년이 심한 어느 해 배고파 부엌 아궁이 앞에 쪼그리고 앉아 불어 터진 보리 눌은밥을 먹고 있는데 문득 부엌에 들어선 시어머니 "저년이 시어미 시아비에겐 보리밥만 주고 쌀밥은 저 혼자 숨겨놓았다 먹는구나." 불어 터져 희멀건 보리쌀을 쌀알인 줄 잘못 알고 빨래 방망일 냅다 며느릴 향해 던져 며느리는 그만 먹다 만 보리 눌은밥을 입에 문 채 죽었는데 그 며느리의 무덤 앞에 피어난 꽃이 달개비꽃이라는 것이다. 과연 달개비꽃을 눈여겨보면 보랏빛 꽃잎술이 새파랗게 질린 며느리의 입술 같고 그 안에 물린 하얀 꽃술은 며느리가 먹다 만 보리밥알만 같아 누가 그런 얘기를 만들어냈는지는 모르지만, 그런 하찮은 이야기조차 참말인 것처럼 어린 우리의 가슴을 울리곤 했다.

변방 48

　우리 고향 마을에 있는 봉선저수지鳳仙貯水池. 그 저수
지의 맑은 물을 사이에 두고 이쪽저쪽 마을에 홀아비와
과부가 한 사람씩 나뉘어서 살았는데, 두 사람은 똑같
이 은근짜들이어서 서로 눈짓 한 번 건네보지 못하고 매
일 아침저녁으로 물가에 나와 목욕하거나 세수하는 걸
로 그들의 시름을 달래곤 했다.

　이승의 목숨은 어쩔 수 없어 그들의 땀과 때와 살냄
새만 물속에 남겨놓고 그들은 세상을 뜨고 말았다. 얼
마 후 그들의 땀과 때와 살냄새도 물속에 서로 엉켜 있
다가 하늘로 따라 올라가 소낙비를 몰고 다니는 먹구
름이 되었는데 지금도 그들의 뒷소식을 소나기 오는 날
봉선저수지에 가보면 알 수 있다.

　이젠 서로 그리워 애간장을 태우지 않기로 한 그들
의 땀과 때와 살냄새의 짓거리들, 맑은 물낯에 빗방울
로 퉁탕거리며 얼씨구 좋구나 좋다 소리치는 홀아비의
피의 소리와 물가에 비 맞아 피는 패랭이꽃 속에 아이구
간지러워요 간지러워요 과부의 예쁜 수줍음의 수작을

보면 과연 그건 그렇구나 느껴 알 수 있는 일이다.

나무는 새가 오기를 기다렸다. 새 가운데서도 참새나 굴뚝새나 까치같이 흔한 그런 새가 아니라 날개의 깃털이 황금빛이고 눈알이 동글고 맑은 새, 우는 소리 또한 가슴을 울리는 새를 기다렸다. 그런 새는 좀처럼 나무에 오지 않았다. 언제쯤 새가 올 것인지 그것도 나무는 알 수 없었다. 그래도 나무는 새를 기다렸다. 새가 너무 오랫동안 오지 않아 나무는 쓸쓸했다. 나무는 하늘의 구름, 바람의 속살, 별들의 뒤꿈치나 만지는 걸로 심심한 나날을 달랬다. 너무 오랫동안 새가 오지 않아서 나무는 잠이 들어버렸다. 깊고 깊은 잠이었다. 꿈속에서 나무는 빛을 가르며 날아오는 날카로운 날갯짓의 한 마리 새를 보았다. 날렵하게 날개를 접고 새가 나무 위에 앉았다. "이건 꿈이야 꿈. 그리고 너는 꿈속의 새일 뿐이야." 나무는 중얼거리면서 더 깊은 잠에 빠졌다. "아니에요, 저는 당신이 정말로 기다리던 새예요." 그래도 나무는 새의 말을 들은 척 만 척 했다. "아니야, 너는 내가 기다리던 새의 꿈속 모습일 뿐이야." "정말이에요. 믿어주세요. 제 눈빛을 보세요. 당신은 꿈과 잠의 유혹에 속지 않아야 해요. 그리고 저를 영접해야 해요. 당신이 영접하지 않으면 저는 하나의 빛덩이, 울음덩어리가 되어야 해요. 시간이 없어요. 다시는 당신을 찾아올 수 없어요. 이게 처음이자 마지막이에요. 아, 아, 제 형체가 없어져 가요. 눈이 부셔요. 아무것도 보이지 않아요." 나무는 그제야 퍼뜩 정신을 차려 새를 바라보았다. 새는 하나의 빛덩이, 아, 아, 눈부신 울음덩어리, 그것이 되어 사라져 가고 있었다. 나무는 부르르 몸을 떨며 깊은 꿈과 잠의 심연에서 빠져나왔다. 나무는 발밑에 떨어져 있는 황금빛 새의 깃털을 바라보았다. "아, 정말이었구나. 꿈속에 왔다 간 새가 내가 기다리던 새였구나." 나무는 천천히 고개를 숙이며 또다시 중얼거렸다. "새는 이제 다시는 나를 찾아오지 않을 것이다."

선생님 생각

내가 어려서 국민학교 1학년 때 담임이셨던 전갑도 선생님, 책을 읽히다가 모처럼 잘 읽는 아이가 생기면 냅다 그 아이를 둘러업고 교실을 한 바퀴 삥잉 돌면서 "책을 읽으려면 아무개같이 읽으려무나. 너희들은 모두 아무개를 본받아야 하느니라." 콧노래 비슷한 소리를 흥얼거리던 전갑도 선생님, 아이들은 선생님 등에 한번 업히고 싶어서 더욱 책을 열심히 읽어오곤 했었지. 세월 보낼수록 선생님 생각, 요즘 세상에 어디 애들 업어주는 선생님이 그리 흔할까? 나이 먹을수록 선생님 그리운 생각.

2부

웃을 수밖에 없었네

제비꽃

산골짜기 외딴집 박우물가에 언뜻언뜻 흰 구름으로 스쳐간 말 탄 사내 생각에 머리채 따 늘인 산골 처녀사 한평생을 처녀인 채 늙을 줄을 몰랐답니다. 죽어서도 차마 그대로는 못 잊겠던지 봄이 오자 들녘길 풀숲에 피어난 작은 소망은 새파랗게 입을 벌려 한 떨기 새로 생긴 꽃이 되었답니다. 가느란 바람에도 고개 들어먼 데 하늘만 근심스레 바라보며 선 철없는 이 새봄맞이 아가씨야, 포오란 포오란 너 제비꽃아.

어느 설야

이토록 눈이 자꾸만 내리는 날 밤엔 산속에 사는 한 마리 산새를 생각합니다. 홀로 묻혀가는 산속의 옹달샘 한 채를 생각합니다.

이토록 소리 없이 퍽퍽 울고 싶도록 눈이 쌓이는 밤엔 가슴이 엷어서 더더욱 여자는 겨울이 춥다는 당신을 그리워 그리워합니다. 밤이 되면 밝은 등불빛 밑에서 동당거리는 가슴만으로 여위어 간다는 당신을 그리워 그리워합니다.

처마 끝에 바람 돌아와 잠들고 별님도 멀리 떠난 밤, 눈 속에 하얀 눈 속에 맨발로 달려오는 당신을 꿈꿉니다. 산골짜기 저 혼자 하얀 눈 속에 묻혀가는 옹달샘처럼 조용히 슬픔 속에 잠겨가는 당신의 가슴을 꿈꿉니다.

이십 년 후

　내가 공주사범학교 다니던 때에도 새벽 아침이면 스물 미만 아이들은 일찍 일어나 공주를 둘러싸고 있는 여기저기 산 위에 올라 수풀 속 뻐꾸기들인 양 숨어서 야호 야호 소리를 내지르곤 했는데 언제부터 그래왔는지 모르게들 그래왔는데, 세상을 한 바퀴 돌아 이십 년 후 공주에 와 다시 살다 보니 내가 어려서 사범학교를 다닐 때 야호를 내던 아이들로부터 몇 대를 물려왔는지 모르지만 여전히 새벽 아침에 학생들 몇은 일찍이 산 위에 올라가 남의 아침 단잠을 깨우는 그 짓을 하고 있었다. 외지에서 공부하러 온 아이들은 공부를 마치고 공주를 떠나도 또다시 외지에서 공부하러 온 아이들이 그것을 인계받아 대를 물리고 물려서 끊이지 않고 새벽 아침마다 공주의 아침 안개를 흔들고 사람들의 마음을 흔들어 깨우고 있었다.

낮은 기도

1

실로 울부짖어야 할 분노의 불길을 맞이하여 낮은 목소리로 속삭이게 해주십시오. 돌아서 버린 자의 배반을 위해 미움의 칼날보다는 차라리 한 아름 꽃다발을 준비하게 해주십시오. 당신과 내가 가져야 할 것은 애초부터 아무것도 없었습니다. 그런 걸 처음부터 우린 너무나 탐욕스러운 젊은이가 아니었나 염려스럽습니다. 눈한 번 마주치지 않고 죽어간대도 하나도 억울해할 것 없는 당신과 나, 만난 기쁨보다는 헤어진 다음의 기다림과 돌아선 다음의 미움이 더욱 두렵거니와 살아간다는 것이 얼마나 짐스러운 것이고 서로 기다리며 생각한다는 것이 얼마나 지루하고 오히려 아픈 형벌인지 자각했을 때, 차라리 메마른 땅에 엎디어 몇 날 몇 밤을 혼자울 수 있는 은혜를 주십시오.

2

얼마나 헛된 바람으로 견뎌온 나날들이었습니까? 하나도 그 모습을 보이지 않는 안개 속에서, 헤세여. 당신과 나는 이제까지 얼마나 헤매었습니까? 모든 일상과

꿈은 지쳐버린 발걸음에 밟히는 낙엽일 뿐, 그 서걱대는 속삭임일 뿐, 얼음 밑을 흐르는 지난겨울 물소리보다 못한 이 초봄의 가련하고 을씨년스러운 설잔雪殘일 뿐, 당신은 어두운 창문마다 불 밝히기에 얼마나 지쳐 있습니까? 나는 여태 한 송이 꽃도 피워보지 못한 손과 한 아름 바닷물 소리조차 들어보지 못한 귀를 가지고 기인 밤을 불면으로 채우는 밑 없는 사랑의 독에 물을 길어다 붓습니다. 정녕 이 끝없는 작업은 언제쯤 끝나도 좋은 것이겠습니까?

과원에서 본 흰 구름

천하의 모든 소녀는 지하의 모든 소녀가 뿜어 올린 흰 구름 앞에서 한때는 흰 구름이 되기를 열망하지만, 한때는 흰 구름의 가슴이기를 꿈꾸지만, 그것은 그때뿐 그들은 이내 엄마가 되어 흰 구름 앞을 떠나간다. 아니, 흰 구름이 되기를 포기한 소녀들만 비로소 엄마가 될 수 있는 것인지 모른다. 내 친구 S여사는 아직 흰 구름 소녀다. 적어도 그녀는 엄마가 되기를 원하고 있지 않으니까⋯⋯. 흰 구름 앞에서만 소녀는 영원히 소녀일 수 있으니까⋯⋯.

나도 한때는 흰 구름이 갖고 싶어 애태운 적 있었고 앞으로 늙어 죽을 때까지 흰 구름 이마를 열망해 마지않을 테지만 그것은 이미 이루어질 수 없기로 되어버린 소원. 겨우 내 죽어 흙으로 돌아간 다음 과목 가지를 타고 올라 몇 숭어리 붉은 꽃 되어 또 용하게 꾀를 낸다면 한 송이 그럴듯한 흰 구름 되어 다음날 소녀들 앞에 피어오르기만 바랄 따름인 것을, 밀물 바다의 가슴 울렁여 그녀들 앞에 피어오르기만 바랄 따름인 것을⋯⋯.

사범학교 동창회

　이십육 년 만에 처음 만난 얼굴들. 까까머리로 헤어진 쉰 명의 머슴애들. 벌써 그중 넷은 세상 사람 아니고 또 몇은 미국으로 캐나다로 일본으로 떠나고 한국 하늘 아래 살고 있는 사람은 마흔두셋 정도. 교육대학이 새로 생겨 문 닫는 학교, 재학생 없이 졸업생만 모여 하던 졸업식. 학교가 없어진다는 생각 때문에 학생들도 울고 선생님도 울고 함박눈은 왜 그리도 그날따라 유달리 많이도 내리던지……. 국민학교 선생 열심히 하여 세상의 빛이 되겠노라 다짐 두던 초롱초롱한 눈매들, 이십 년 후 당당한 모습으로 다시 만나자 맹세 두고 헤어진 가슴들. 참 얼마나 세상의 빛이 되었고 얼마나 당당하게 변했는지 모르지만 이제는 사십 대 중반을 훨씬 넘어버린 허름한 나이. 세상의 빛보다는 어둠을 더 많이 안고 당당함보다는 찌들고 구겨진 모습으로 모인 얼굴들. 모처럼 서울 변두리 북악 호텔 디스코텍에 모여 어울리지도 않게 맥주로 막혔던 정회를 풀고 서투른 솜씨로 노래도 부르고 디스코도 추어보는 중년들. 어디에서도 찾아볼 수 없는 깨끗하고 어리고 사랑스러운 소년들의 모습. 언뜻언뜻 남아 빛나는 우리 어리고 깨끗하고 사랑스럽던 벗님들의 모습 어른거려 시큰거려지는 코허리.

붉어지는 눈시울.

금학동

금학동도 이제는 예전의 금학동이 아니오. 맑은 개울물에 중태기 놀고 드문드문 돌담장에 자주달개비 피던 마을. 납작집이 있어서 정답던 마을. 때가 되면 우르르 우르르 이웃집 담장 너머 개나리 오동꽃 피고 밤이면 개구리 울음소리 자욱한 안개로 피어오르던 공주의 변두리 마을. 그러나 어느 날인가 신흥 주택들이 들어서기 시작하면서 논과 밭을 밀어내더니 드디어 덩치 큰 아파트까지 들어서게 되어 개구리 울음소리며 맑은 물소리는 어디로인지 쫓겨가는 신세가 되어버렸소. 이제는 여기저기 마구잡이로 쌓이는 쓰레기, 쓰레기 더미. 개울 가득 흐르는 더러운 물. 밤이 되어도 잠들지 못하는 불빛. 나도 이제는 이 마을을 떠날 때가 가까워졌나 보오.

서울 외숙

시골서 머슴 살기 싫어 서울 올라와 뒹굴기 삼십 년이 넘는 어머니의 사촌인 서울 외숙. 시골에 살 때도 지게 지고 일하는 것보다는 놀기를 좋아했고 술 먹기를 좋아했던 서울 외숙. 서울 올라오자마자 재주 좋게 다방 아가씨와 눈이 맞아 살림을 차리고 아들 둘을 내리 낳더니 그 여자 가난에 못 이겨 병든 남편과 두 아들 버리고 집을 나가고 외돌토리가 된 서울 외숙. 서럽게 서럽게 서울 거지가 되어 목숨 부지하더니 그래도 타고난 단단한 몸집과 사람 잘 따르는 그 심정을 바탕으로 다시 일어서 서울 변두리 봉천동 청소미화원 되었네. 청소미화원이라야 쓰레기 청소부를 달리 부르는 말. 새벽마다 일찍 일어나 골목길에 널브러진 세상의 온갖 더러운 것을 치워주는 사람. 그래도 서울 외숙은 그 일이 천직이다 싶어 시골 운동장에서 신나게 공 차던 심정으로 열심히 일하며 사람도 사귀어 이제는 어엿한 청소미화계장. 청소하는 사람에서 청소하는 것 감독하며 도장 찍어주는 사람 되었네. 뿐인가. 무럭무럭 자라난 두 아들 미끈한 청년이 되어 큰놈은 중매로 결혼하여 살림 나가고 서울 외숙 쏙 빼닮은 작은놈은 연애하는 재주까지

저의 아버지를 닮아 형보다 먼저 애인을 사귀더니 곧 장가들 거라고 그러네. 해마다 방학이 되어 서울에 올라오면 다른 집보다 빼놓지 않고 들르는 서울 외숙네. 연립주택 이층. 새로 같이 사는 외숙모는 서울 본토박이로 깡마르고 냉정한 여자지만 가난하고 사람만 좋았지 정이 헤프고 의지박약인 외숙을 잘 보살펴온 고마운 분.

올해도 겨울 방학이 되어 외숙네 들러보니 두 내외 외로운 서울 까치가 되어 추운 겨울을 춥고도 외롭게 살고 있었네. 하지만 이제 서울 외숙네는 속으로 알부자. 누구네 집보다 탄탄하다 하네. 뿐인가. 서울 외숙은 못 배워 무식하긴 해도 그동안 세상 사는 진짜 멋으로 등산하는 취미를 길러 일을 쉬는 날마다 남한의 유명하다는 산이며 약수터 안 가본 곳이 없다 그러네. 아무렴, 세상 사는 것이 별건가. 자기 나름대로 자기 선 자리에서 최선을 다하며 사는 것이지. 초로의 나이에 들었지만 누구보다 건강하고 보람 있게 하루하루를 살아가는 서울 외숙의 온화한 얼굴에서 비로소 존경할 만한 좋은 어른의 모습을 찾아보겠네.

홍기화

열아홉 나이, 그러니까 지금부터 이십 년 하고서도 십 개월 전, 1964년 5월 9일. 고등학교 마침인 사범학교를 졸업하고 철부지 선생이 되어 첫 발령을 받아 찾아간 경기도 연천군 군남면 옥계리, 군사분계선이 가까이 있던 접적 지역 가난한 마을. 산등성이에 성냥갑같이 지어놓은 교실 한 칸짜리 군남국민학교 옥계리 분실에서 처음 만난 계집아이, 홍기화. 그 애는 열 살. 1, 2학년 복식으로 배우던 그 학교에서 2학년으로 얼굴도 젤 예쁘고 공부도 젤 잘하는 축이었지. 학교 올 때면 언제나 머리를 빤빤하게 빗은 다음, 빨간 가방을 메고 다녔지. 공부가 파하면 학교에 남아 청소도 좀 하고 책도 읽고 그림도 그리자 그랬지만 쏜살같이 집으로 달려가곤 했지. 햇빛이 부신 자갈돌 신작로로 빨간색 가방을 흔들며 딸그락딸그락 양철 필통 속의 연필 부딪는 소리를 열심히 내면서 집으로 가곤 했지. 그런데 그 아이가 어느새 자라 서른여섯 중년의 나이. 다른 동창 아이들이랑 함께 그때의 열아홉 살짜리 애송이 선생을 찾기에 서울서 만났네. 더듬더듬 만나고 나서도 처음 우리는 한참 동안 멍하니 말도 못 했네. 이런저런 얘기 끝에 알고 나니 그녀는 그때 계모 밑에서 서럽게 서럽게 살면서 할머니의 사랑 하나 유일한 마음의 끄나풀로 삼았다고 그러네. 그 빡빡하게 빗어준 머리도 할머니가 그래주셨다는 거였네. 그것도 모르고 나는 그때 어쩌면 그리도 못마땅해했고 섭섭해했던지…….

여러 시간 같이 보낸 뒤에 다른 동창 아이들은 느긋이 앉아 있는데 집에 두고 온 어린아이가 아무래도 걱정이라며 그녀가 젤 먼저 자리에서 일어서는 거였네. 일어서며 외투를 입는 걸 보니 외투가 빨간색이었네. 옛날에도 제일 먼저 갔고 가방도 빨간색이었어. 무심히 지껄인 내 말에 우리는 다 같이 소리 내어 웃어보았네.

장양숙

　이십육 년 전 국민학교 2학년 제자로 만난 아이 중에 또 한 계집아이 장양숙. 그도 역시 열 살짜리. 공부는 별로였지만 얼굴이 동글납작 귀엽고 성격이 모나지 않고 쾌활하여 친구들이랑 잘 어울렸고 잘 웃고 잘 떠들던 계집아이.

　그다음 해 3학년 되어 즈네들은 웃뜸에 사는 아이들이랑 상리국민학교로 가고 선생인 나는 아랫뜸 아이들이랑 본교인 군남국민학교로 가게 되어 그렇게 헤어지는 것이 싫어서 울고불고했다는 아이. 남달리 가슴이 뜨겁고 인정이 많은 아이. 그래서 가끔 다른 아이들이랑 다투기도 잘하던 아이. 나와 헤어지고 나서는 길거리에서라도 우연히 한번 만나는 것이 소원이었다 그러네. 내 오른쪽 입술 위의 까만 점 하나를 그대로 기억하고 있었다 하네.

　어려서 일찍 아버질 여의고 홀어머니 모시고 국민학교 졸업하자마자 서울로 와 열여섯 나이 때부터 백화점 점원으로 시작하여 이제는 남대문 시장의 옷가게 '숙이

사'의 주인이요, 카페 '가빈'의 주인으로 충무로 바닥에서 내로라하는 사람 가운데 모르는 사람 별로 없다 그러네. 어른이 되어서도 그녀는 여전히 가슴이 뜨겁고 정이 많은 여자. 술값도 제가 내겠다고 그러고 차도 제가 사겠다고 그러고 택시비도 한사코 제가 더 내겠다고 그러고 밤이 깊었는데도 헤어지길 막무가내네. 한데 그녀는 아직도 시집을 못 갔다 그러네. 돈 버는 일이 급해서 그럴 틈이 없었다 그러네. 그녀가 전철역에까지 따라와 헤어지면서 내게 하는 말, "선생님, 저 선생님이 쓰신 시집도 좀 보내주시고요. 이제 혼자 살기 지겨우니 시집도 좀 보내주세요."

이동섭

역시 내 첫 제자인 국민학교 2학년짜리 이동섭, 반장이었던 사내아이. 눈이 작고 얼굴이 거무튀튀하고 말이 없던 아이. 공부도 잘했을뿐더러 선생의 말도 잘 듣던 모범생. 내가 처음 간 그 학교는 산비탈에 지은 성냥갑 같은 단칸 교실인 데다가 운동장이라고 만들어놓은 마당에는 돌자갈이 뒹굴고 있을 뿐만 아니라 여기저기 허드레 샘물이 솟아나서 도통 그것은 운동장도 아무것도 아니었네. 나는 아이들이랑 함께 그 운동장의 자갈을 주워 모으고 운동장 가에 아예 연못을 파서 여기저기 솟는 물을 모아 거기 붕어 새끼며 미꾸라지 같은 것들을 잡아다 넣고 물풀도 그럴듯하게 몇 포기 심어놓았네. 그리고 산비탈에는 코스모스 씨를 구해다가 무진장으로 뿌려 자라게 했네. 하지만 아무래도 한 가지 답답하고 안된 일은 학교에 변소가 없는 일이었네. 그래 볼일이 생기면 학생들이고 선생이고 할 것 없이 허리춤을 잡고 남의 집 보리밭으로 들어가야만 하고 산골짜기로 치달려야만 하는 일이었네. 한데 보리 벨 철이 되어 보리밭 주인이 보리 베러 와서는 욕을 바가지로 해대는 거였네. 그도 그럴 것이 봄부터 애들이고 선생이고 할 것 없이 내어놓은 볼일들의 결과가 보리밭에 성을 쌓다시피 했으니 그도 무리가 아니었네.

한 번인가는 가을이었지 싶네. 본교에 급히 사무 연락할 일이 생겨 잠시 다녀온다는 것이 본교 선생들이랑 모처럼 만나 한잔 술을 기울이다가 깜박 아이들을 그냥 남겨두었다는 사실을 잊고 시간을 놓쳐 정신이 차려지고 아이들 생각이 났을 때는 이미 짧은 가을 해도 져버리고 땅거미가 내려앉을 때, 서둘러 자전거를 비벼 학교에 와보니 어둠 속에서도 코스모스가 구름처럼 피어 있는 언덕 아래 아이들이 오보록이 모여 앉아 기다리다가 선생님— 부르며 달려오는 거였네. 그때 얼마나 민망하고 미안스럽고 또 눈물이 나던지……. 그 어려운 시절 어린 나이지만 그 모든 것을 잘 참고 견뎌주던 아이들의 첫째 아이 동섭이. 2학기가 되면서부터는 하숙집이 마땅치 않아 동섭이네 집에 아예 하숙을 들어 동섭이네랑 함께 살았네. 동섭이네는 북한에서 피난 온 집으로 가진 것 별로 없지만 동섭이 아버지는 심성이 곱고 부지런하여 동네일을 잘하고 땔나무를 잘 해왔고 동섭이 어머니는 비지된장찌개를 아주 잘 끓였네. 암만 술 먹고 속이 뒤집힌 날이라도 동섭이 어머니가 끓여주는 비지된장찌개면 속이 가라앉을 정도였네. 또 술이 지나쳐 늦잠 드는 날이면 새벽같이 일어나 쇠죽을 끓이는 동섭이 아버지, 선생 대접으로 내가 자고 있는 윗방 아궁이에 한 푸 장나무 군불을 지펴주어 싸느랗게 식어가던 방바닥이 새벽이면 어느 사이 다시 온기가 도는 거었네. 그러노라 면 이불 속에 깊숙이 묻혀 해가 장지문에 떠오를 때까 지 늦잠을 자곤 했네. 비지 맛이 하도 좋고 장판방이 하 도 따뜻해 그해 겨울엔 시골집에 내려가는 것조차 잊고 아예 동섭이네 집에 눌러살기조차 했네.

내 첫 번째 제자 중 제일 첫째 제자인 동섭이. 그 동 섭이를 역시 홍기화, 장양숙이랑 같이 만났네. 나도 두 아이의 아버지인데 그도 역시 두 아이의 아버지. 그 다정 하던 아버지 어머니는 돌아가신 지 오래고 그 바람에 동 섭이는 중학 다니다 공부를 중단하고 이제는 전자회사 외무사원이 되었다 하네. 얼굴 위에 주름살도 몇 개 만 들어 가지고 있는 동섭이. 이제는 우리도 같이 늙어가는 군, 마주 보며 우리는 쓸쓸히 웃을 수밖에 없었네.

세 소년

한 마을에 같은 또래의 세 아이가 자랐네. 한 아이는 부잣집 아이라서 아버지 유산으로 논밭을 많이 물려받고 시골 부자가 되었네. 또 한 아이는 물려받을 재산이 변변치 못하여 공부하는 일이 살길이다 싶어 열심히 공부하여 시골 국민학교 선생님이 되었네. 나머지 한 아이는 물려받을 재산도 공부도 도무지 시원치 않아서 집을 나가 서울로 갔네. 그런데 몇 년 지난 후 어느 추석 전날, 그 마을에 새까만 새 자가용 한 대가 맵시 있게 미끄러져 들어왔네. 차에서 내린 걸 보니 몇 해 전 서울로 가버렸던 소년이었네. 그때 선생님이 된 소년은 자전거를 타고 집으로 돌아오고 농부가 된 부잣집 소년은 소를 몰고 쟁기를 등에 진 채 들판 길을 천천히 돌아오고 있었네.

시래기 국밥집

한 젊은 부부가 시골에서 살길이 막막해서 도시로 이사를 갔더랬네. 이사 간 날 이삿짐을 날라준 친구들과 이웃들을 대접하긴 해야겠는데 대접할 것이 도무지 없어서 걱정이었더랬네. 생각 끝에 시골에서 이삿짐 속에 꾸려 가지고 온 시래기로 시래깃국을 끓여 밥과 함께 상에 내왔더랬네. 그것은 기껏해야 멸치를 넣어 끓인 시래기 된장국이었더랬네. 한데 생각 밖으로 사람들이 맛나게 먹어주고 음식 솜씨를 칭찬해주었더랬네. 도시에 와 별로 해먹을 만한 일거리도 없는 김에 두 부부는 여기에서 지혜를 얻어 변두리 헐어진 방 한 칸을 빌린 다음, 시래기 국밥집을 차렸더랬네. 음식점은 날로 손님들이 밀리고 번창하여 두 사람은 한밑천 크게 잡을 수 있었더랬네. 용기를 얻은 두 사람은 시래기 된장국집을 집어치우고 그 자리에 새로 건물을 짓고 그럴듯한 갈빗집을 차렸더랬네. 그러나 그날부터 웬일인지 시래기 국밥집을 찾던 손님은 한 사람도 그 집을 찾지 않았더랬네.

동학혁명탑

　내가 사는 공주시 금학동 우금치에는 동학혁명탑이 있습니다. 그래 공주를 찾는 뜻있는 사람들이 참배를 하고 가는 곳이기도 하고 더러는 학생들이 소풍 장소로 이용하기도 하는, 공주로서는 제법 숨겨진 명소 중 하나입니다. 동학혁명탑은 5·16군사정변 직후 3공화국 정부의 지원금으로 최덕신 교령이 세운 탑으로 탑의 제자題字는 박정희 대통령이 썼는데, 탑 아래 비문에 이러한 사정을 상세히 기록했고 그 뒷면에는 최덕신 교령의 이름을 새겼습니다.

　한데 무슨 까닭인지 최덕신 교령이 미국으로 이주한 뒤 북한으로 넘어가는 사건이 벌어지자, 동학혁명탑에도 조그만 변화가 일어났습니다. 그것은 누구의 손에 의해서인지 모르지만 탑의 뒷면에 새겨진 최덕신이란 이름 위에 새까만 먹칠이 입혀진 사실입니다. 그런 뒤 족히 십 년의 세월이 흘렀을까요. 6공화국이 들어서고 민주화 물결이 일자 이번엔 반대의 변화가 탑에 일어났습니다.

　그것은 역시 누구의 손에 의해서인지 모르지만 탑의 뒷면 최덕신이란 이름 위에 덮여 있던 검정칠이 깨끗하게 벗겨지고 탑의 앞면 비문에 새겨진 박정희란 이름이 날카로운 정과 끌로 도려내지고 망가진 사실입니다. 정말 꼭 그렇게 해야만 분풀이가 가능했던 것일까요? 오욕의 역사든 영광의 역사든 역사적 사실을 조용히 수용하면서 반성하고 발전시킬 수는 없었을까요?

이유야 어찌 되었든 돌에 새겨진 이름자까지 검정칠로 가려야만 했던 눈가림의 속임수와 돌에 새겨진 이름자를 정이나 끌로 도려내어 지워야만 했던 어리석은 폭력을 우리는 어떻게 보아주어야만 할까요……. 이러고도 우리가 정말 문화민족이라 자랑하고 선진국 국민이 되겠다고 장담할 수 있을까요? 나는 십 년을 두고 우금치 동학혁명탑을 찾으며 내내 부끄럽고 속으로 은근히 울화통이 터져 올랐습니다.

오줌통

　용산 시외버스터미널 남자 화장실에서 처음 보기 시작했고 그다음 천안과 공주 시외버스정류장에서 자주 보았던 오줌통. 녹십자라든가 하는 제약회사에서 받아다가 사람에게 필요한 약품을 뽑아낼 목적으로 놓아두었던 백색 플라스틱 오줌통. 언제부터인지 그 오줌통들 보이지 않아 그러려니 무심코 지냈었는데, 어느 날 인삼의 고장인 금산문화원에서 문학 행사를 한다기에 금산에 가 버스터미널에 내려 오줌이 마려워 화장실에 가보니 그동안 못 보고 지내던 녹십자사 오줌통들이 죄다 거기 와 있는 것이었습니다. 아참! 그렇습니다. 서울이나 천안이나 공주 사람들 오줌은 이미 오줌까지 오염되어 약으로 받아갈 만한 오줌이 못 되어 깨끗한 금산 사람들 오줌을 받아가는 것인가 봅니다. 게다가 금산은 천하의 명약 인삼의 본고장이고 보니 오줌 속에 분명 인삼 기운까지 섞여 있어 더 약의 효험이 있을 테니 더욱 그러한가 봅니다.

중국통신 1
— 현지처

제발 헛소문이길 바랐지만 들리는 말로는 옌볜, 그 압록강 두만강 너머 아직은 때 안 묻은 땅 깨끗한 가슴의 우리 동포들 옹기종기 고국을 그리며 살아가는 거기. 그 사람들 가운데 우리나라 관광객들의 현지처가 생겼다니 이게 다 누구한테 배워먹은 해괴망측한 짓들인지. 짐작건대 몇 년 전 물 건너 섬나라 일본인들이 우리나라를 두고 하던 짓들인 듯싶은데 우리가 그걸 그대로 배워 써먹다니, 그것도 압록강 건너 두만강 건너 때 안 묻은 가슴의 우리 동포들한테 써먹다니, 예끼 이 나쁜 사람들! 그러고도 벌 안 받을 수 있을까?

중국통신 2
— 싹쓸이

　동인당인지 무언지 우황청심환이 좋다고 호랑이 기름이란 약이 피부병에 좋고 또 101인가 하는 대머리약이 좋다 해서 만리장성 천안문 자금성 구경 갔다 오는 사람들 그걸 한두 개씩 들고 오기 시작하더니 바늘도둑 소도둑 된다고 인제는 중국에 갔다 하면 사람마다 중국 약을 보따리로 사 온다 하네. 아예 한국 관광객이 가는 곳마다 중국 약이 싹쓸이로 동이 난다 그러네. 싹쓸이! 어디서 많이 들어보던 말인데, 이 또한 어디서 누구한테 배워서 우리가 이러는 것일까……. 여하튼 한국 관광객들 중국에 가기만 했다 하면 염불보다는 잿밥에만 맘이 있어 관광보다는 한약 싹쓸이에 앞을 다툰다 하네. 실은 중국 사람들 어리석은 듯 궁색한 듯 느려터진 듯하면서도 이 미련한 녀석들 잘도 속는군, 어디 두고 보자, 능글능글 속으로 비웃는 줄도 모르고…….

3부

당신이 오셔서

읽어도 좋겠소

골목길

이렇게 말을 하고 저렇게 말을 바꾸어 보아도 인생
은 쓸쓸한 것이다. 서글픈 것이고 외로운 것이고 적막
한 것이다. 언제든 쓸쓸하지 않으려고 서글프지 않으려
고 할 때 산통이 깨졌다. 일이 터졌다. 이놈아, 나도 이
렇게 쓸쓸하고 서글프고 외롭고 적막한데 네 놈이라고
별 수 있겠냐? 하늘 위에서 누군가가 대갈일성大喝一聲 호
령으로 뒤통수를 때리는 소리. 후드득 빗방울 던지신다.
이마 위를 찌익 날아가던 새가 물똥 갈기신다.

사마귀

오늘도 나는 한발 늦었다.

토요일 오후 퇴근길 시내버스 기다리는 시간. 들판의 정류소에 혼자 쭈그려 앉았다가 풀밭에서 사마귀 한 마리를 찾아낸다. 배때기가 볼록하니 암놈이다. 교미가 끝나면 수놈까지 날름 잡아먹기도 한다는 이른바 약찬° 가을 사마귀다. 지푸라기로 툭툭 녀석의 머리통을 건드려본다. 가시 돋친 쇠갈고리 같은 앞다리를 번쩍 들어 올려 금방이라도 찍어 누르겠다는 듯 그야말로 전투태세다. 야, 이놈 좀 봐라. 내가 저보다 얼마나 덩치가 크고 음험하고 교활한 마음을 숨긴 인간이란 이름의 사나운 짐승이란 걸 전혀 모르는구나. 다시 지푸라기로 녀석의 머리통을 공격해본다. 여전히 기죽지 않는 눈치다. 굴종을 모르는 혼령이여! 가상하구나. 변절하지 못하는 자의 정결한 슬픔이여! 풀숲 멀리 녀석을 날려 보내준다.

가을 하늘이 푸르고 깊다.

○ 독이 오른

선물

퀴퀴한 냄새가 난다. 향수 냄새, 비누 냄새, 분 냄새
가 아니라 땀 냄새, 반찬 냄새, 속을 끓이며 잠을 설친
다음 날의 입 냄새, 몸 냄새, 그 모든 냄새가 두루 섞여
어우러진 내음새다. 그것이야 내 어머니 아버지의 내음
새요, 내 할머니 내 고모님이나 이모님 또 내 형님이거나
아우님 누님의 내음새요, 나의 내음새가 아니던가. 모처
럼 늦은 버스로 출근하는 길, 내가 앉은 자리에서 시큼
한 냄새가 난다. 나보다 먼저 앉았던 이들이 내게 주고
간 선물이다. 겨울철인데도 도시락 가방 메고 장화 신고
두터운 장갑 끼고 공공근로 사업장으로 날품 팔러 가는
늙수그레한 시골 아낙네들이나 더러는 남정네들 부스
스한 얼굴이 주고 간 선물이다.

이중무늬

아침에 잠에서 깨어 보니 모처럼 가을비 소리 시원스럽다. 이게 얼마 만에 찾아오신 비 소식인가. 산과 나무와 골짜기는 희뿌연 이내를 뒤집어쓰고 비의 향연을 즐기고 있지만 나는 언뜻 산속에 새로 생긴 무덤 하나 걱정된다. 어제 산속 깊이 땅 구덩이를 파고 가을 꽃씨를 묻듯 묻고 돌아온 고등학교 동창 친구. 관에서 시신을 꺼내어 맨땅에 눕히고 흙을 덮으려 할 때, 저렇게 차가운 땅에 맨몸으로 눕히다니 저렇게 차가운 땅에……. 여보, 여보를 작은 목소리로 되뇌며 촛불 잦아들 듯 흐느끼던 친구의 부인. 자그마한 몸집에 희끗희끗한 머리칼, 아직 곤때 가시지 않은 흰옷 차림의 슬픈 여인이 걱정된다. 그녀는 오늘 아침 산속에서 자기네·여보 맨몸으로 차가운 가을비에 젖겠다 흐느끼고 있을 것이다. 흐느끼고만 있을 것이다.

군자고기

　어느 날 누군가가 저수지에서 잡았노라, 손바닥만 한 잉어 한 마리 어항 속에 넣었다. 매일 아침 물고기 먹이를 주면서 보면 다른 물고기들은 모두 기운차게 헤엄쳐 와 다투어 먹이를 물어가는데 새로 이사 온 녀석만 먹이를 물어가지 아니한다. 거기 그렇게 먹이가 있다는 사실조차 모르거니와 먹이 물어가는 방법도 알지 못하는 모양이다. 커다란 주둥이를 옴죽거리며 유리 벽을 훑어 이끼를 먹는 품이 여간 안쓰럽지 않다. 저 큰 덩치의 허기를 이끼로 채우다니……. 아마도 녀석은 조금씩 조금씩 살이 내리고 말라 끝내 군자고기가 되어가리라. 군자고기— 어항 속에 살면서 먹을 것 제대로 얻어먹지 못해 머리통만 굵어지고 몸뚱이 훌쭉해진 고기. 목하, 녀석은 고민 중이다. 군자고기가 되어 굶어 죽을 것이냐? 아니면 다른 고기들처럼 주는 먹이나마 달게 받아먹으며 어항 속에서 빌붙어 살아볼 것이냐? 역시 두고 볼 일이다.

폭설

지난밤 폭설이 내리고 출근길 막혀 직행버스 다니는 큰길에서 하차, 시내버스길 이십 리 작정 없이 걷기로 하다 얼마큼 걸었을까, 뒤에서 경적과 함께 차 한 대 멈춰서 태워준다 하기에 운전하는 사람 얼굴을 보았더니 그는 우리 학교 가까운 송촌마을 학부형. 자기네 동네에도 중학생 타고 다니는 아침 첫 시내버스가 오지를 않아 아들을 중학교에 태워다 주고 돌아가는 길이라 한다. 눈길을 조심조심 운전하던 그가 말을 꺼낸다. 자기네 딸은 4학년, 공부는 썩 잘하는 편이 아니지만 마음씨가 착하고 일기를 열심히 쓰는데 가끔 훔쳐 읽어보면 거기에 교감인 내 얘기도 더러 나온다는 것. 나는 우리 학교 교감선생님이 제일로 좋다, 내가 커서 어른이 되면 〈TV는 사랑을 싣고〉에 나가 교감선생님을 찾겠다는 말도 쓰여 있다는 것. 원 녀석도, 몇 차례 음악시간 보충수업 들어가 노래 시켜보고 잘한다 칭찬해준 일 있고, 3학년 때부터 머리를 뽀글뽀글 볶아 다람쥐꼬리처럼 뒤로 묶고 다니기에 만날 적마다 어여쁘다 머리 쓰다듬어준 일밖엔 없는데, 얼굴이 사과 덩이처럼 둥글고 불그스름한 4학년짜리 수진이라는 계집아이. 왜 하필 제 담임도 아니고 교감인 나였을까? 그 애가 자라서 〈TV는 사랑을 싣고〉에 나가려면 앞으로 이십 년은 더 기다려야 할 텐데 그때까지 살아 있기나 할까요? 대답은 그렇게 하면서도 코허리가 찡잉해진다. 삼십 년 넘게 머뭇거리며 떠나지 못한 초등학교 교단, 모처럼 큰상을 혼자만 받은 듯, 어제저녁 폭설이 내리고 시내버스가 오가지 못하도록 길이 막힌 건 얼마나 잘된 일인가. 마음속에도 하얀 눈이 곱게 쌓이고 아무도 오가지 않은 순결한 길이 하나 멀리 멀리까지 열려 손짓해 나를 부른다. 수진이의 길이다.

놀러 오는 백두산

다시 한번 백두산에 가보고 싶다. 중국 선양과 옌지 그리고 룽징을 돌아서 분별없이 엉겁결에 찾은 백두산. 일 년 동안 겨우 석 달만 몸을 열어 사람들 잡스러운 발길을 허락한다는 백두산. 만주자작나무 수풀, 장백미인송 삼림을 지나 끝내 사스래나무 수풀의 손길을 뿌리치고 다다른 천지. 하늘의 유리 거울이 온통 거꾸로 내려와 되레 하늘의 속살을 되비추던 맑고 푸른 천지의 물빛. 차라리 나팔꽃 진보랏빛. 두 눈에 피잉 눈물 고이고 가슴 두근대는 정도를 지나 온몸이 쩌르렁 울리던 그 감격도 감격이려니와 무엇보다도 나는 백두산의 풀들과 다시 만나고 싶다. 백두산에서 볼일 보면 안 된다니까 종일 볼일 보고도 남을 만큼 커다란 그릇도 하나 장만해 가지고 점심도 싸 가지고 가 먹고 볼일도 보아가면서 백두산 꽃들 옆에서 백두산 꽃들과 함께 백두산 햇빛 받으며 백두산 바람 속에서 백두산 꽃들처럼 웃으며 하루만 나부끼다 오고 싶다. 하루만 백두산 꽃들과 함께 놀다 오고 싶다. 김태정 교수가 지은 《우리가 정말 알아야 할 백두산의 우리 꽃》이란 책을 가지고 가 이름 모르는 꽃을 만나면 책을 펴놓고 차근차근 꽃 이름을 알아내어 꽃 이름을 불러보고 싶다. 외울 수 있을 때까지 되풀이 되풀이해서 차례대로 불러보고 싶다. 발목과 무릎과 다리를 모두 생략하고 아장걸음으로 다가오던 진빨강 저고리에 초록 조끼 차림의 꼬마도령 좀참꽃. 여린 바람에도 헤프게 얼굴을 흔들며 샛노란 귀때기 보여줄까 말까 망설이던 조숙한 계집아이 두메양귀비. 내려와 내려와 너무 높은 곳에서 놀면 안 돼, 늦둥이 막내딸 같은 바위구절초. 그러나 나는 돈 마련이 없어 다시 백두산에 가지 못한다. 돈을 마련한다 해도 다들 힘겹게 사는 세상이라서 남들 눈치 보느라 못 간다. 쉽사리 백두산에 가지 못하고 그렇다고 백두산에 다시 한번 가보고 싶어 하는 꿈을 접지도 못하는 나를 위해 백두산이 가끔 내게로 놀러 온다. 백두산에만 있는 바람과 햇빛 데리고 좀참꽃이며 두메양귀비며 바위구절초의 향내까지 뒤딸리고 나한테로 와 잠시 잠시 놀다 가곤 한다. 참 착하신 백두산이다.

찡코

나는 개를 좋아하지 않는다. 사람을 보면 훌쩍훌쩍 뛰어오르고 물정 모르고 핥으려고 혓바닥을 들이대는 품이 못마땅해서다. 그러나 찡코만은 예외다. 찡코— 우리 학교 관사에 사는 조무원 아저씨 임 주사가 기르는 개. 어미가 진돗개와 발발이의 잡종이요, 아비가 도사견과 토종개의 잡종이니까 진돗개이기도 하고 발발이이기도 하고 도사견이기도 하고 토종개이기도 한 개. 강아지 때부터 학교 아이들을 잘 따르고 아이들과 잘 어울려 놀아 아이들이 좋아하고 귀여워한 개. 그러나 찡코는 버림받은 개. 한 배에서 나온 여러 형제 팔려가고 이웃 사람들 손에 들려갔지만 못생겨서 아무도 선택하지 않은 개. 그래서 어미 옆에서 오래 어미와 함께 사는 개. 찡코란 이름은 앞니 두 개가 송곳처럼 밖으로 튀어나와 아이들이 붙여준 별명이다. 찡코는 주인이 먹을 것 제대로 챙겨주지 않으므로 학교 쓰레기장이나 뒤지는 거지 개다. 떠돌이 개다. 주인이 있으면서 주인이 없는 개다. 집이 있으면서 집이 없는 개다. 그런 찡코가 태어난지 일 년 만에 새끼를 가졌다. 달이 차 땅바닥에 닿도록 늘어진 배. 며칠 동안 눈에 띄지 않는다 싶더니 찡코가 몸을 풀었다 한다. 새끼는 무려 여섯 마리. 그 작은 몸통으로 어떻게 여섯 마리나 되는 새끼를 품었을까? 놀랍다. 새끼 낳고 첫 외출을 한 찡코. 늘어진 배가 등가죽에 달라붙고 뼈마디만 남은 다리로 비척비척 돌아다닌다. 안쓰러운 마음이 들어 학교 식당에서 쌀밥 듬뿍말은 고깃국 한 그릇 몇 차례 챙겨주었다. 개의 산후조리를 해준 셈인데 그런 뒤로는 이 녀석 나만 보았다 하면 달려오는 거다. 운동장이건 교실이건 식당이건 가리지 않고 달려와 꼬리를 흔들고 혓바닥을 내두르고 나중엔 찔끔찔끔 오줌까지 싸대니 난처한 일이다. 야, 이 녀석아. 나는 개를 좋아하지 않는다 했잖아. 사람의 말을 알아듣지 못하고 알아들을 필요도 없는 찡코는 그저 막무가내다. 아침 출근길 내가 교문 앞에 들어섰다 하면 어떻게 알았는지 관사 쪽에서부터 냅다 대각선으로 달려오는 찡코. 잡종개 중의 잡종개인 찡코. 진돗개이기도하고 발발이이기도 하고 도사견이기도 하고 토종개이기도 한 찡코. 찡코가 뛰어다니는 우리 학교 운동장, 더욱넓고 환하고 가득하다.

모처럼 맑은 하늘

초록 들판으로 터진 길 위에서 중얼거려본다. 나무 나무 종다리 지빠귀 어치 씀바귀 민들레 강아지풀······. 내 몸이 점점 작아지기 시작한다. 손가락 끝 발가락 끝에 초록색 물감이 들기 시작한다. 뻐꾸기 뻐꾸기 할미새 보리뚱열매 참빗나무 하늘타리······. 내 몸이 더욱더 작아진다. 온몸에 초록색 물감이 든다. 드디어 나는 한 마리 초록 벌레가 되어 나무 이파리 위를 기어간다. 이제 나무 이파리는 드넓은 벌판이다. 더듬이를 세워 허공을 휘저어본다. 모처럼 맑은 하늘이시다.

풀밭 속으로

옛날에, 여기 길이 있었지. 그 길로 사람들의 이야기가 지나가고 더러는 새파란 삼각뿔 모자를 쓴 별들도 내려와 놀다 가곤 했었지.

옛날에 옛날에, 여기 사람의 마음이 살았지. 그 마음결 곁에 눈물도 찾아와 반짝이고 더러는 솜털이 보송보송 귀여운 기쁨들도 따라와 콩닥콩닥 뛰어놀았지.

더 아주 옛날에.

이웃사촌

처음부터 그리되기로 작정한 것은 아니었다.

벼나 피나 뭐 다를 게 있느냐고 비집고 들어오기에 눈감아준 것부터가 잘못이었다. 첫해 가을이 되자 볏논에 군데군데 피 얼룩이 생기더니 두 해째가 되면서 어울려 살자고 좋은 게 좋은 것 아니겠느냐고, 우리는 이웃사촌이라는 사탕발림에 속아 넘어간 게 화근이었다. 세 해째 가을이 되자 피들은 벼보다 재빨리 키를 세우고 햇빛을 많이 받아 이층집에서 살았고 벼들은 거꾸로 아랫집에 세 들어 사는 꼴이 되어버렸다. 멀리서 보아 벼들의 논은 이미 피 논이 되어 있었다. 피 논!

처음부터 그리되기로 작정한 것은 결코 아니었다.

어머니의 밥주걱
— 메르헨 2

어머니에게 배운 것이 어찌 한두 가지뿐이랴.

열둘이나 되는 많은 식구. 위로는 할머니 두 분에다 아래로는 어린 형제자매 다섯, 작은아버지, 작은어머니, 삼촌 또 사촌동생 둘. 그 많은 식구가 한 지붕 밑에서 밥그릇 싸움을 할 때 커다란 무쇠솥에 보리쌀 가득 붓고 그 가운데 쌀 두어 공기 넣어 밥을 지은 다음, 어떻게 밥을 풀 것인가? 솥 한복판 쌀이 많은 곳에서 두 분 할머니 밥 먼저 푸고, 젖먹이 밥 푸고 또 앓고 있는 사람 밥 푸고, 일하는 아버지 밥 푸고, 작은아버지 삼촌 밥 차례로 푸고 나서 주걱으로 보리밥 힘차게 무쇠솥 바닥에 치대어 보리쌀을 으깬 다음 나머지 식구들 밥 푸고 맨 나중 주걱에 묻은 찌꺼기 밥 당신 밥그릇에 긁어 담으시던 어머니. 어머니의 슬기와 뜨끈뜨끈 보리밥 같은 마음의 힘이여. 우리가 왜 무쇠솥 바닥이 주는 힘, 무쇠솥 바닥에 힘차게 치대던 어머니의 밥주걱, 그 힘으로 이만큼이나 자라고 살아가는 것을 모를까…….

어머니에게 받은 것이 어찌 한두 가지뿐이랴.

화해

　기나긴 싸움이었다. 열아홉 젊은 아버지 몸속의 작은 벌레 하나였던 나. 역시 열아홉 젊은 어머니 몸속으로 운 좋게 옮겨 들어가 열 달을 살고 사람의 모습으로 바뀌어 세상 바다로 헤엄쳐 나온 나. 들어가기 싫은 사범학교에 들어가 하기 싫은 초등학교 선생이 된 뒤부터 왜 나는 아버지 몫의 삶을 억지로 살아야 하느냐 투덜댔고, 아버지는 아버지대로 당신이 살고 싶어 한 삶을 아들이 더 잘 살아주지 못한다고 섭섭해했다. 아버지를 떠나온 지 오십사 년 사 개월 그리고 어머니를 떠나온 지 오십삼 년 육 개월 남짓한 어느 날, 한국교원대학교 종합교원연수원 초등학교 교장 자격반 연수생 되어 마지막 시험을 치르고 나서 거나하게 술도 한잔 걸치고 기숙사로 돌아오는 밤길, 시골집에 전화드렸더니 어머니는 안방에서 주무시고 사랑방에 계신 아버지가 전화를 받았다. 아버지, 저 오늘 교장 되는 마지막 시험을 보았습니다. 오냐, 그러냐. 우리 아들 참 잘했구나. 쉰 넘은 나이에도 아버지한테 칭찬받는 것이 이렇게 좋을 수가 없구나. 충청북도 청원군 강내면 다락리. 밤하늘의 별들이 유난히 반짝이는 눈으로 아버지와 화해하는 지상의 한 아들을 내려다보고 있었다.

닭곰탕

임 주사가 돈도 안 받고 자기 집에서 기르던 닭을 두 마리나 주었다. 군대 간 아들 녀석 백일 휴가로 집에 오거든 닭곰탕이나 끓여주겠노라 토종닭 한 마리 구해주십사 아침에 돈을 주었더니, 저녁 퇴근길 내가 준 돈과 함께 임 주사 자기 집에서 봄부터 기르던 토종닭을 두 마리나 잡아 내게 준 것이다. 우리 학교 조무원으로 일하는 임 주사. 내 봉급의 반도 안 되는 수입으로 여섯 명이나 되는 아들을 튼실하게 길러서 대학 보내고 장가들여 시아버지도 되고 할아버지도 된 자존심 높은 가장. 그러나 이제껏 집 한 칸 마련하지 못해 학교 관사를 빌려서 사는 초로의 사내. 임 주사는 나보다 나이가 두어 살 위라서 공석에서는 내가 윗사람 노릇을 하지만 사석에서 나는 꼬박꼬박 그를 형님이라 부른다. 그러한 임 주사가 준 토종닭을 집에 돌아와 마늘과 대추를 넣고 끓였다. 닭이 익으면서 솥뚜껑 사이로 김과 함께 빠져나오는 구수한 닭고기 내음새. 그 속에는 시장통 닭집에서 사다가 끓이는 양계닭에서는 맡을 수 없는 무엇인가가 숨겨져 있었다. 그것은 희미한 닭똥 구린내다. 사람의 마음을 편안하고 아늑하게 감싸안아 주는 내음새다. 그것은 또 내 어린 날 객지로 떠돌다가 외갓집에 모처럼 들르면 외할머니 손때 먹여 기르던 닭을 잡아 닭곰탕을 끓여주셨을 때 내 코가 즐겨 맡던 내음새다. 우리 학교 임 주사가 준 토종닭을 끓이는 냄새 속에는 임 주사 마음의 내음과 어린 날 외할머니 마음의 내음이 한데 어울려 오두막집을 짓고 이웃하여 살고 있었다. 휴가 와서 이 고깃국을 먹는 아들 녀석, 이 고깃국 속에서 내 마음의 내음도 조금 맡아주었으면 좋겠다.

삼대

군에 입대하여 신병교육을 받고 있는 아들아이한테서 편지가 왔다. 아버지, 이곳에 와서 가장 힘든 구보 훈련 시간, 아버지 말씀을 떠올리면서 잘 견디고 있습니다. 앞사람이 한 발 뛰면 너도 한 발 뛰고, 그저 앞사람 발뒤꿈치만 보면서 뛰라는 말씀 많은 도움이 되고 있습니다. 실은 그 말씀, 내 말이 아니라 지금부터 삼십일 년 전 내가 논산 육군훈련소에 입대하여 훈련받을 때 아버지가 편지로 적어 보내주신 말씀인데, 늘 여리고 믿음성 가지 않던 자식이 군에 입대하여 힘든 훈련의 전 코스를 어떻게 이겨내기나 할지 걱정이 되어, 당신이 6·25전쟁 당시 역시 논산훈련소 창설 멤버로 입대하여 훈련받으며 체험으로 얻은 교훈을 내게 물려주신 건데, 오늘은 그 말씀 당신의 손자에게 가서 씩씩하게 살아서 숨 쉬고 있음을 본다. 애야, 앞사람이 한 발 뛰면 너도 한 발 뛰고 그저 앞사람 발뒤꿈치만 보면서 뛰려무나. 눈물겨운 강물이 되어 어서 가자 어서 따라오너라, 삼대를 이끌고 간다.

퇴근길

사 년째 내가 일하고 있는 학교. 면 소재지도 안 되는 구석진 시골에 자리 잡은, 아이들이 백 명 남짓인 초등학교. 그렇지만 유치원부터 1학년과 6학년까지 아이들 칠층으로 있고 물론 담임교사 여럿 있고 양호교사, 운전기사, 조무원, 서무서기 또 식당에서 밥하는 아주머니며 영양사와 조리사까지 있는 학교입니다. 아이들 떠들며 노는 소리, 노랫소리 속에서 하루를 보낸 선생님들이 퇴근을 합니다. 같은 교무실에서 나와 같은 신발장에서 구두를 꺼내 신고 같은 현관을 지나 같은 운동장을 가로질러 같은 교문을 향하여 퇴근을 합니다. 오늘하루도 이렇게 깜깜한 시골에서 무지렁이 아이들 데리고 헛수고만 하고 말았다고 중견교사 한 사람 큰 목소리로 투덜거리며 불평을 늘어놓습니다. 못나고 가난한아이들 우리가 거두지 않으면 누가 돌보아주겠느냐고, 집에 가서 잠을 자려고 눈을 감으면 아이들 얼굴이 자꾸만 어른거려 눈물이 나기도 한다고, 그 뒤를 따라가며 작년 봄에 새로 발령받아 온 신출내기 교사 한 사람기가 죽어 조그만 소리로 중얼거리며 말을 받습니다. 같은 학교 같은 아이들 속에서 똑같은 하루를 보냈지만 결국 한 사람은 지옥의 하루를 산 셈이고, 또 한 사람은 천국의 하루를 산 셈입니다. 부디 그 마음 오래 변치 말기를.

나팔꽃

여름날 아침, 눈부신 햇살 속에 피어나는 나팔꽃 속에는 젊은 아버지의 목소리가 들어 있다.

애야, 집안이 가난해서 그런 걸 어쩐다냐. 너도 나팔꽃을 좀 생각해보거라. 주둥이가 넓고 시원스런 나팔꽃도 좁고 답답한 꽃 모가지가 그 밑에서 받쳐주고 있지 않더냐? 나는 나팔꽃 모가지밖에 될 수 없으니, 너는 꽃의 몸통쯤 되고 너의 자식들이나 꽃의 주둥이로 키워보려무나. 안 돼요, 아버지. 안 된단 말이에요. 왜 내가 나팔꽃 주둥이가 되어야지, 나팔꽃 몸통이 되느냔 말이에요!

여름날 아침, 해맑은 이슬 속에 피어나는 나팔꽃 속에는 아직도 대학에 보내달라 투덜대며 대드는 어린 아들을 달래느라 진땀을 흘리는 젊은 아버지의 애끓는 목소리가 숨어 있다.

노

　아들이 입대한 뒤로 아내는 새벽마다 남몰래 일어나 비어 있는 아들 방문 앞에 무릎 꿇고 앉아 몸을 앞뒤로 시계추처럼 흔들며 기도를 한다.

　하느님 아버지, 어떻게 주신 아들입니까? 그 아들 비록 어둡고 험한 곳에 놓일지라도 머리털 하나라도 상하지 않도록 주님께서 채금債金져 주옵소서.

　도대체 아내는 하느님한테 미리 빚을 놓아 받을 돈이라도 있다는 것인지, 하느님께서 수금해주실 일이라도 있다는 것인지 계속해서 채금져 달라고만 되풀이 되풀이 기도를 드린다.

　딸아이가 고3이 된 뒤부터는 또 딸아이 방문 앞에 가서도 여전히 몸을 앞뒤로 흔들며 똑같은 기도를 드린다.

　하느님 아버지, 이미 알고 계시지요? 지금 그 딸 너무나 힘든 공부를 하고 있는 중이오니, 하느님께서 그의 앞길에 등불이 되어 밝혀주시고 그의 모든 것을 채금져 주옵소서.

우리 네 식구 날마다 놓인 강물이 다를지라도 그 기도 나룻배의 노가 되어 앞으로인 듯 뒤로인 듯 흔들리며 나아감을 하느님만 빙긋이 웃으며 내려다보고 계심을, 우리는 오늘도 짐짓 알지 못한 채 하루를 산다.

하산길

향기로운 솔 내음이며 향기로운 눈 내음 배부르도록 실컷 마시고 나서, 고작 한다는 짓이 해우소解憂所에 찾아가 끄응 냄새나는 거나 내어놓고 시치미 뚝 떼고 산을 내려오다 뒤를 돌아보니 미안한 생각이 든다. 한 번도 뵈온 적은 없지만 부처님한테 미안한 생각이 든다.

게다가 볼일 보며 침까지 여러 번 뱉었으니 두말해 무엇하랴.

아침

　나의 신문은 이제 하늘과 산과 들판과 때로는 바다. 오늘 아침 내게 배달된 신문의 하늘은 쾌청이오. 솟아오르는 새들의 기사가 나와 있고, 몇몇 송이구름 기사가 기웃거리오. 또 하늘의 징검다리를 건너가는 바람의 푸른 옷자락이 어른거리오. 다음 장을 펼치면 시든 풀숲 아래 한 사람이 지나다님으로 생기는 흐릿한 들길이 보이고, 그가 미처 이름을 다 외우지 못하는 풀꽃들도 더러는 웃고 있겠지요. 그러나 나는 이러한 기사를 모두 읽지는 않으려 하오. 반만 읽든지 그 반의 반만 읽고 나머지는 남겨두려고 하오. 당연히 구문舊聞이겠지만 다음 날 당신이 오셔서 읽어도 좋겠소.

언덕 위의 바다

요즘 내게는 살그머니 눈을 감으면 아슴푸레 떠오르는 조그만 그림이 하나 새로 생겼소. 그것은 나지막한 언덕이 있고 동해 바다가 보이는 조그만 찻집이 있는 그림이오. 차를 타고 강원도 동해안 길 강릉에서 속초를 향하여 가다가 양양 못미처 우회전하여 동해 바다 쪽으로 조그만 언덕, 풀잎의 초록 사이로 잠시 지워진 듯한 길을 찾아보시오. 마음의 등불이 꺼진 사람은 보지 못하는 길이오. 정신 차리지 않으면 자칫 스쳐버리는 길이오. 거기 초등학교 다니는 한 아이가 도막 난 크레파스로 써놓은 듯한 '언덕 위의 바다'란 푯말이 다소곳이 길가로 비켜서서 당신을 보며 고개를 끄덕여줄 거요. 속는 셈 치고 잠시 그 길을 따라와 보시오. 숨 한 번 돌리는 사이, 차는 대번에 언덕 위로 미끄러져 올라갈 거요. 언덕에 올라섰다고 생각하는 순간 바다가 와락, 골짜기 사이로 터진 바다가 보일 거요. 그리고 쌉싸름한 소금 비린내가 당신의 볼을 핥아줄 것이며 싸르락대는 바다 물결 소리가 당신의 귀를 간질여줄 거요. 시키지 않았음에도 불구하고 당신의 발길은 몽유병에라도 걸린 듯, 저절로 왼쪽으로 돌아 당신을 조그만 찻집 안으로

데리고 들어갈 거요. 거기가 바로 카페 '언덕 위의 바다'
요. 찻집 이름이 언덕 위의 바다라니? 그러나 그 집에 들
어서는 순간, 그 집 이름이 왜 언덕 위의 바다인지 구차
한 설명 없이도 역시 당신은 대번에 알게 될 거요. 정지
된 시간이 살고 있는 집. 바다로 터진 네모나고 넓은 차
창 하나로 반은 바다를 들이고 반은 바람을 불러들이
는 집. 당신은 원두커피를 끓이는 일로 시간의 통나무
를 깎고 있는 머리카락 길게 늘어뜨린 한 젊은 사내를
만나게 될 거요. 만약 당신이 이렇게 외롭고 쓸쓸한 곳
에서 차나 끓이며 사는 일이 억울하지 않으냐고 묻는다
면, 그는 당신의 물음을 조용히 받아 피우다 만 담배꽁
초를 비벼서 꺼버리듯 슬그머니 뭉개버릴 거요. 그러나
재우쳐 같은 물음을 다시 던진다면 그는 그저 마지못
해, 이렇게 집도 있고 아내도 있고 아이도 있는 내가 왜
억울해해야만 하느냐고 오히려 당신에게 그 물음의 절
반을 돌려줄 거요. 그러면 당신은 그렇겠군요, 당신에겐
바다도 있고 바람 소리도 있고 바닷물 소리도 있고 시원
하고 깨끗한 바람도 있고 창밖으로 보이는 감나무 초록
색도 있고 뜨락의 강아지도 있고 아침에 일찍 일어나 마
당을 쓸 수 있는 빗자루도 있고 심심할 때 듣는 재즈 음
악도 있다는 걸 내 미처 알지 못했군요,라고 얼른 말해
야만 할 것이오. 까마득히 머나먼 동해 바닷가, 조그만

바람받이 언덕 위에 가보지 않았다면 분명코 후회했을 것 같은 조그만 찻집 '언덕 위의 바다'가 있소. 그러나 가보지 않은 사람이 어찌 후회란 것을 할 수나 있겠소. 후회는 오직 가서 너무 짧은 시간 머물다 돌아와 꿈꾸는 사람들만의 몫일 뿐이라오. 아슴푸레 눈을 감으면 아물아물 떠오르는 집이 하나 있소. 살그머니 벌린 골짜기의 가랑이 사이로 혓바닥을 들이밀고 찰그랑거리는 동해 바다 맑은 물, 파도 소리, 바람 소리에 다만 귀를 기울이고 있는 집이 하나 있소. 일찍이 내가 젊었을 때 알았더라면 신혼 여행길에 하루 이틀 찾아가 묵었다 돌아왔을 곳. 이담에 내게도 금혼金婚의 날이 허락된다면 지금보다 훨씬 더 늙어버린 아내의 손을 맞잡고 구혼舊婚 여행으로 한번 다녀오고 싶은 곳. 아니, 내 아들이 결혼하거든 새 며늘아기에게 사알짝 귓속말로 귀띔해주며 네 남편 졸라 한번 다녀오려무나, 약도를 그려 손에 쥐여주고 싶은 곳이오. 그러나 그때까지 그 집이 기다리고 있어 줄지는 나도 모르는 일이오. 문득 가슴속에 그리움의 알이 하나 생겨 울컥 목울대를 타고 넘어오려고 하오. 그 알이 뱃속에서 더 자라서 한 마리 커다란 날개를 단 새가 되면 언제고 한번은 다시 훌쩍 그 새의 날개를 타고 그 집에 들렀다 왔으면 싶소.

군생각

1

나는 때로 새로운 옷을 입고 새로운 신을 신기도 하지만 어제 입었던 옷을 입는 것이 좋고 어제 신었던 신을 신는 것이 좋다. 나는 새로운 책을 읽기도 하지만 어제 읽다가 남겨둔 책을 오늘 계속해서 읽는 것이 좋다. 나는 새로운 사람을 만나 새로운 이야기를 하기도 하지만 어제 만났던 사람을 다시 만나 어제 마저 하지 못한 이야기를 이어서 하는 것이 좋다. 그러나 더 좋기로는 만나고 싶다고 생각하는 사람을 오래도록 마음속으로만 생각하는 것이 더 좋다. 부디 오늘 풀숲에 혼자 쭈그리고 앉아 흐린 햇볕이나 쬐고 있는 나를 안됐다고 여기지 마시기 바란다. 혹 내가 먼 하늘을 보거나 산을 바라보며 눈물이라도 글썽이고 있다 해도 손잡아 일으켜주려고 하지 마시라. 나는 이대로 여기 이렇게 조금쯤 쓸쓸하고 억울한 것이 더 좋다. 아니, 이러한 나 자신이 나는 지금 참 좋은 것이다.

2

고등학교 다닐 때 석굴암 대불을 뵌 적이 있다. 대

불의 둥글고 탐스러운 무릎이 사람들의 손때로 반질반질해져 있었다. 그때 나도 대불의 화강암 무릎을 한번 쓸어보았는지 아닌지는 지금 기억에 없다. 몇 년 전 루브르박물관에 가 〈밀로의 비너스〉 조각상을 만난 적이 있다. 역시 탐스러운 하얀 대리석 여인의 알몸이 지구촌 곳곳에서 온 사람들의 손때로 수월찮게 얼룩져 있었다. 석굴암 대불이든 〈밀로의 비너스〉든 한번 만져보았으면 좋겠다는 마음만 가지고 실지로 만져보지 않을 수는 없는 일일까? 만져보고 싶다는 마음을 오래오래 가슴속에 묻어두고 그 마음의 싹을 아끼며 살아갈 수는 없는 일일까? 요즘 내가 해보는 부질없는 생각 가운데 하나다.

해피엔딩

오죽 심심했으면 우렁각시였을까?

보이는 것은 하늘과 산과 들판. 들리는 것은 새소리
와 물소리와 바람 소리뿐. 풀덤불 우거진 고샅길을 지
나서 고샅길이 끝나는 곳쯤에 벼들이 푸르게 숨을 쉬며
자라는 무논. 이 농사를 지어서 누구와 먹을꼬? 홀아
비 농사꾼이 하염없이 지껄인 말. 누구하고 먹긴 누구하
고 먹어, 나하고 먹지요. 어디선가 바람엔 듯 구름엔 듯
들려오는 말. 날이 맑고 고요하여 제풀에 헛소리를 들
었거니 한참을 더 허리 구부려 일하다가 다시 저도 모르
게 지껄인 말. 이 농사를 지어서 누구와 먹을꼬? 누구하
고 먹긴 누구하고 먹어, 나하고 먹지요. 이번엔 또렷하
니 젊고 어여쁜 아낙의 목소리. 둘레둘레 살펴보니 그것
은 다름 아닌 물꼬 가의 커다란 우렁이가 하는 말이었
네. 신기하다 여긴 홀아비 농사꾼, 우렁이 잡아다 제집
물동이에 담아두었다지. 그 후론 아침마다 누군가가 부
엌에다 밥상을 차려놓고 해 저물어 들에서 돌아와 보면
누가 그랬을까, 집 안 청소에 빨래에 김이 모락모락 나
는 쌀밥까지 지어놓았다지. 그래, 일 나가는 척 홀아비

농사꾼 숨어서 보니 글쎄 물동이에 넣어둔 우렁이가 어여쁜 처녀로 변하여 부지런히 집안일을 하는 거였네. 이야기가 이쯤 되었으면 둘이 아들 낳고 딸 낳고 잘 먹고 잘 살다가 죽었노라 해피엔딩이 되었어야 하는 건데, 조급해진 홀아비 농사꾼 빨리 결혼하자 조르는 판에 어여쁜 처녀는 그만 우렁이로 변하여 다시는 사람으로 돌아오지 못했다 그랬지.

소나무
— 메르헨 4

한 아버지 어머니 밑에서 태어난 형과 아우. 한 밥상에서 한솥밥 먹고 한 이불 속에서 잠을 자며 하는 말, 하는 짓도 비슷하여 있는 것 없는 것까지 같이하며 나누어 쓰던 형님 아우님. 제각기 객지로 나가 제법 큰 돈을 벌어서 고향 마을로 돌아와 더 많은 돈을 벌겠노라 큰 집을 짓고 마당 가에 손을 맞잡아 소나무 한 그루도 심었다지. 그러나 객지로 나가 돈을 버는 동안 생각과 버릇이 사뭇 많이 바뀌어, 하는 일마다 마음이 다르고 말이 달라 하는 일마다 뒤틀리고 다투다가 어느 날 말싸움 끝에 몸싸움이 벌어져 동생이 집에 불을 질러버리고 말았다지. 끝내 형은 그 자리에서 죽고 동생은 구사일생 살았지만 이미 사람 꼴이 아니었다지. 그런 다음부터 마당 가에 심은 소나무도 시름시름 앓다가 푸른 빛 잃고 죽어버렸지.

새벽꿈

서둘러 집으로 돌아가겠노라 한사코 뿌리치는 그녀
의 손을 부여잡고 함께 바람개비를 돌렸다. 다리목 위
에서 한 시간가량 빙글빙글 돌아가는 옛날의 은빛 조그
만 추억의 날개가 그녀보다 더 사랑스러웠다.

다시 백두산

다섯 해 만에 백두산을 다시 찾았다. 처음 만났을
때 그렇게도 푸르고 맑던 눈빛의 천지, 깊은 가슴을 열
어 보여주던 백두산은 안개로 얼굴을 가리고 아무것도
결코 아무것도 보여주려 하지 않았다. 백두산 풀꽃 한
송이조차 꼭꼭 숨겨놓고 보여주려 하지 않았다. 그러
나 안개 속에서도 처음처럼 가슴이 울렁거리고 다리가
후들거리는 느낌은 변함없었다. 예닐곱 살 학교 다니면
서부터 부르기 시작한 "동해물과 백두산이 마르고 닳
도록" 하는 애국가, 애국가의 물결이 한꺼번에 달려
들어 나를 깃발 삼아 세차게 세차게 흔들어주고 있었기
때문이다. 안개 속의 백두산, 남의 나라에 빌붙어 찾아
간 백두산이었지만 이번에도 헛돈 쓰면서 잘못 다녀온
길만은 아니었다.

개망초

학명은 개망초, 사전에도 그렇게 나온다. 내가 어려서는 풍년초라 불렀고 더러는 담배나물이라 불렀다. 풍년 들기를 바라는 마음들이 그런 이름을 생각해내게 하고 담배가 귀하던 시절이라 그리 불렀던가 보다. 그러나 요즘 아이들은 똑같은 풀을 계란꽃이라 부른다. 새하얀 꽃판이 계란의 흰자위같이 보이고 노오란 꽃심이 노른자위로 보였던 모양이다. 이거야말로 계란이 귀하고 귀하던 우리 어린 날에는 상상조차 할 수 없던 꿈이요, 유추類推가 아닌가. 하나의 꽃, 꽃 이름을 두고도 생각하는 바 꿈꾸는 바가 참으로 멀고도 가깝다.

후회

될수록 적게 후회하는 사람이 돼라.

교장이 되어 첫 졸업식장에서 졸업생들에게 큰소리 치고 점심 식사 시간에 소주 몇 잔 급하게 취한 나머지 얼마 전 들어온 원고료 봉투에서 만 원짜리 한 장씩 꺼 내어 교직원이든 아이들이든 또 젊은 여자 학부형이든 눈에 띄는 대로 나눠주면서 호기를 부려봤다.

그까짓 징그러운 돈 나도 한번 흔전만전 써보자 그 랬을 것이다. 어린아이가 바람결에 색종이를 날려 보내 며 깔깔거리듯 장난삼아 그랬을지도 모르고 좀은 과하 게 들어온 원고료 아무래도 군시러워 나눠 쓰자는 허장 성세가 발동했을지도 모른다.

그러나 집에 돌아와 방바닥에 쓰러져 자다가 새벽녘 목말라 물을 마시러 일어나 도대체 내가 왜 그랬을까? 후회막급, 한밤이 지새기 전에 벌써 뱃속은 술 때문에 쓰리고 가슴은 후회로 쓰리다.

될수록 적게 후회하는 사람이 돼라.

두 이름

　어머니란 이름은 네모지고 엄마란 이름은 둥글다. 어머니란 이름은 딱딱하고 엄마란 이름은 말랑말랑하다. 그러나 나는 한 번도 엄마란 이름을 부르지 못하고 자랐다. 엄마는 언제나 어머니였을 뿐, 할머니를 할매라 부르며 자랐다. 그것도 외할머니를 그렇게 부르며 자랐다. 그러나 끝내 할머니 속엔 엄마가 없었고 어머니 속엔 할매가 없었다. 두 이름 사이를 오가며 나는 자주 어리둥절해했고 때로 미달한 마음과 섭섭한 마음 아슴푸레 애달픈 마음을 살았다. 하나의 이름이 있어야 할 자리에 두 이름이 있는 것은 불행한 일이며 불완전한 둘보다는 완전한 하나가 더 좋다는 것을 안 것은 훨씬 뒤의 일이다.

슬픈 유산

아버지가 싫었다. 그래서 아버지 반대쪽으로 생각하고 행동하며 살았다. 항상 다른 사람 눈치를 살피며 강자에게 약하고 약자에게 강한 아버지가 싫었다. 그래서 아버지 반대 방향으로 가는 기차를 타려고 애썼다. 그런데 오십 지나 육십 가까운 어느 날 밥상머리에서 아내와 아들 녀석이 입을 모아 우리 형제 가운데 내가 제일로 아버지를 닮은 아버지의 아들이라고 말한다. 그럴 리 없다고 우겨도 그들의 의견은 요지부동 일치한다. 그렇다면 이제껏 아버지를 닮지 않으려고 애쓴 나의 삶은 모두 어디로 갔단 말인가? 아버지 반대쪽으로 가는 기차를 탔노라 믿고 있었는데 기껏 아버지가 내린 기차역 가까운 간이역쯤에 도착한 꼴이 되고 말았으니, 도대체 나는 얼마나 슬픈 아버지의 유산이란 말인가! 꿩도 닭도 되지 못하고 만.

가슴이 콱 막힐 때

가슴이 콱 막힐 때 있습니다. 답답해서 숨을 못 쉴 것만 같을 때 있습니다. 내 마음속에 당신이 너무 크게 자리 잡고 있는 탓으롭니다. 그렇게는 살지 못하지요. 잠시만 당신을 마음 밖으로 나가 살게 할까 합니다.

소나무, 버즘나무, 오동나무 줄지어 선 뜨락의 한구석. 당신을 한 그루 감나무로 세워두려고 그럽니다. 매미 소리 햇빛처럼 따갑게 쏟아지는 한여름을 그렇게 벌받고 서 계신다면 분명 당신의 가지에 열린 감알들도 조금씩 가슴이 자라서 안으로 단물이 들어가겠지요.

어렵사리 우리의 첫 번째 가을이 찾아오는 날, 우리는 붉게 익은 감알들을 올려다보며 감나무 아래 오래도록 서 있어도 좋겠습니다. 서로의 가슴속에 붉고 탐스럽게 익은 감알들을 훔쳐보며 어린아이들처럼 철없는 웃음을 입술 가득 베어 물어도 좋을 것입니다.

당신 탓

멍하니 앉았다가 무슨 일인가를 하다가 갑자기 가슴이 찡해질 때 있습니다. 눈물이 핑 돌거나 내가 왜 이러지 싶을 때 있습니다. 자다가도 답답한 느낌이 들어 자리에서 벌떡 일어나 두 눈을 깜박거릴 때 있습니다. 이유는 분명합니다. 바로 당신 탓으로 그렇습니다. 오늘 당신을 만나고 헤어진 일이 있었던 것이겠지요. 당신을 만나지 못했던 시간이 너무 길었던 것이겠지요. 아니, 당신이 더욱 멀리 떠나갈 날이 점점 가까워지고 있음을 나는 잊고 살아도 나의 마음은 잊지 않았음이겠지요. 그나저나 당신, 하루 가운데 전화받기 좋은 시간이 언제인지 그거나 알려주고 떠나기예요.

흰 구름 위에

하늘 구름 너무 좋아 하늘과 구름에 눈을 모으고 멍하니 있었습니다. 저 구름을 따라 어디든 떠나고 싶다는 생각을 하며 실눈을 뜨고 있었을 겝니다. 갑자기 두 눈에 핑하니 눈물이 도는 것이었습니다. 왜였을까? 두 눈을 깜박이며 생각해보고 있는데 하늘 구름 위에 당신의 얼굴이 나타나 나를 보고 웃고 있는 거였습니다. 둥그스름한 얼굴이었습니다. 숱 짙은 눈썹이었습니다. 도톰하니 예쁜 입술에다 작지만 복스러운 코였습니다. 부드러운 목덜미였습니다. 치렁한 머리칼이었습니다. 무엇보다도 턱과 볼의 선이 고왔습니다. 나, 여기 있어요. 나도 지금 당신 바라보고 있던 참이에요.

그것은 감알이 주황빛으로 익어가고, 하늘이 쨍한 어느 가을날 오후였습니다.

걱정되는 사람

지금쯤 어디에 있어요? 전화 걸어 첫 번째로 묻는 말은 지금쯤 어디를 흐르고 있는 건지, 혹시 길을 몰라 헤매고 있지는 않은 건지 궁금해서 하는 말입니다.

지금 누구하고 뭐 하고 있어요? 두 번째로 묻는 말은 몸이 불편한 곳은 없는 건지, 잠이나 잘 자고 밥이나 잘 먹고 있는 건지 걱정되어서 하는 말입니다.

그러나 당신의 음성은 예외 없이 밝고 가볍고 씩씩합니다. 언제나 좋은 사람들과 잘 있을뿐더러 편안한 마음이니 걱정 말라는 말로 대답합니다. 인생은 순간이에요. 어디서 누구하고 무엇을 하든 함께 있는 사람한테 최선을 다하며 사는 것이 가장 행복한 삶이고 잘 사는 인생이래요.

당신은 이제 말 없는 말로 말을 하면서 정말로 궁금한 사람은 오히려 내 쪽이고, 걱정하는 사람 또한 내 쪽이라는 것을 뒤늦게 깨닫게 합니다. 언제 어디서든 당신이 얼마나 반짝이는 사람인지 사랑받는 사람인지 기억

해내게 합니다.

이별 예감

나, 당신 많이 사랑하는 거 당신도 이미 알지요? 당신을 위해서보다는 나를 위해서 당신 많이 생각하는 거, 당신 위해 기도하는 거, 당신도 이미 짐작하고 있지요? 다만 평안한 마음으로 가시길 바라요. 당신 사는 곳까지 무사히 돌아가 날마다 즐거운 마음으로 잘 지내길 바라요. 두 눈 몇 번 깜짝이는 사이, 당신 모습 시야에서 사라져 버리고 나 혼자 남는 일은 무척 힘든 일일 거예요. 금방 헤어지고 나서도 금방 또 보고 싶어 앞으로 달음박질쳐 나가고 싶은 마음일 거예요. 그러나 참아야 하겠지요. 이제야 당신 예전에 나 보내고 혼자 남아 허전했을 그 마음 짐작이 가요.

가을 반성문

한 여자를 짝사랑했다. 늘 그랬다. 그렇듯 또 세상을 짝사랑했다. 때로는 풀꽃 한 송이에, 새 한 마리에 빠져 있었고 나무나 산이나 바다나 길거리에서 왁자지껄 떠들며 살아가는 사람들의 소리를 건너다보며 마음 졸였다. 하늘 흰 구름 같은 걸 끝없이 그리워하기도 했다.

그러나 쉽사리 받아들여지지 않았다. 여름밤 모닥불을 찾아든 풀벌레나 맑은 통유리가 허공인 줄 알고 머리를 처박고 죽어가는 어린 산새들처럼 자취도 없이 사라져 갔다. 수도 없이 그러했다. 허전했다. 애달팠다.

끝내 섭섭해진 나는 세상에 등을 돌리고 돌아앉아 눈을 감았다. 오랫동안 그렇게 살면서 생각해보니 세상이 그리워졌다. 짝사랑했던 여자도 그리워졌다. 세상도 지금 나를 많이 보고 싶어 하는 건 아닐까? 내가 짝사랑했던 여자도 내가 오래전에 그랬던 것처럼 혼자서 나를 생각하고 있는 건 아닐까?

다시금 눈을 뜨고 바라보는 세상은 아닌 게 아니라 저도 지그시 눈을 뜨고 이쪽을 건너다보는 세상이었다. 안쓰러웠다. 여자 또한 물기 머금은 눈으로 나를 보아주었다. 아, 그랬구나. 세상도 많이 나를 사랑하고 있었고 내가 짝사랑했던 여자도 나를 사랑하고 있었구나. 이제 세상을 원망하거나 애달파하지 말아야지. 세상을 짝사랑하지도 말고 한 여자를 두고 부질없는 꿈을 꾸지도 말아야지.

좋은 날

빨간불 신호등에 막혀 선 아침 시내버스. 저쪽 버스에 탄 조그만 여자애가 나를 쳐다보고 있다. 눈이 크고 둥그스름 예쁘장한 얼굴이다. 초등학교 3학년쯤이나 되었을까? 아닌 게 아니라 공주교육대학교 부설초등학교 교복 차림이다. 나와 눈이 딱 마주치자 까딱하더니 고개 숙여 인사를 한다. 혹시 나를 아는 아이일까 싶었지만 아무래도 모르겠는 얼굴이다. 제가 알고 있는 어떤 사람과 혼동해서 그런 건 아닐까? 나는 버스 유리창을 열고 아이에게 인사를 한다. 학교 잘 갔다 와. 아이도 버스 유리창을 열더니 예, 하고 공손히 대답한다. 참 모를 일이다. 아이는 내가 이십 년도 전에 제가 다니는 학교에서 선생님으로 있었다는 걸 알고 그러는 것일까? 아이는 제 오늘 일기장에…… 아침에 학교 가다가 저쪽 버스에 탄 이상한 할아버지 한 사람을 만났다……,라고 써넣지 않을까? 여하튼 오늘은 아주 특별한 날, 좋은 날. 잘 살아보아야겠다.

고구려의 날개

대전시 은행동 소재, 대전대학교 한의과대학 한방병원 오층에 누워 있는 친구를 만나고 왔다. 고등학교 교장을 하던 친구다. 대학교가 아닌 고등학교 마침인 사범학교를 나와 중등학교 준교사 자격시험에 두 과목이나 합격한 친구다. 아홉 살 때 어른이 되어서도 술 안 마시고 담배 안 피우겠다 아버지와 약속하고 나서 평생 동안 술 한 잔 담배 한 대 입에 대지 않고 농담 한마디 지껄이지 않고 살아온 친구다. 교장 사 년 임기 마치고 이차 임기로 들어가야 하는 어느 날 학생들에게 운동장 조회 마치고 교장실로 들어가다가 계단에서 쓰러졌다고 한다. 친구는 나를 만나자마자 눈물부터 글썽였다. 성한 오른쪽 팔을 들어 어눌한 말투로 왼쪽이 모두 마비되었노라 설명했다. 그래도 죽지는 않을 거라 했다. 자네도 귓불에 굵게 주름이 잡힌 걸로 보아 중풍기가 있겠으니 미리 병원에 가 진찰을 받아보는 게 좋을 거라 내 걱정도 해주었다. 나는 그동안 감기약 한 번 몸살약 한 번 안 먹고 살았는데, 제대로 정년을 하고 나서는 옌볜의 조선족 중학교에 가서 교장을 하기로 그쪽 사람들과 미리 얘기도 되어 있었는데, 이제 명퇴名退를 하고 말았으니 다 틀린 일이지 뭐······. 그는 역사학 전공으로 늘 고조선 땅을 고구려 땅을 만주벌판의 드넓은 땅을 그리워하던 사람이다. 아호雅號도 고조선에서 가운데 글자 아침 조朝 자를 빼고 고선古鮮이라 자호自號하던 사람이다. 고구려 사람 고조선 사람으로 살고 싶었던 그였다. 그게 그 사람의 젊은 시절부터의 소망이요 날개였다. 친구야, 이제 그만 돌아가. 나, 자야 할 시간이야. 그는 하나도 졸리지 않은 얼굴로 뜬금없이 나더러 가보라고 손짓을 했다. 좀 더 있다가 가고 싶은데······ 좀 더 얘기하고 싶은데······. 아니야, 이제 됐어. 그만 가봐. 그는 여전히 성한 오른손을 저어 나더러 가보라고 손짓을 했다. 그러다가 그는 갑자기 소리 내어 울기 시작했다. 눈물과 울음으로 일그러진 그의 얼굴이 꼭 투정 부리는 아이 같았다. 저 얼굴 어느 구석에 사십 년 넘게 선생님 노릇을 한 근엄함이 남아 있단 말인가. 늘 당당하고 느긋했던 한 사내의 의젓함은 다 어디로 갔단 말인가. 친구의 몸은 천근만근 무거웠다. 부러진 고구려와 고조선의 날개가 그렇게 무거울 수가 없었다. 나는 친구를 눕혀주고 친구의 눈물을 닦아주고 병실을 나오면서 참 마음이 좋지 않았다. 친구가 나 대신 벌을 받고 여기 누워 있구나. 머잖은 날 쉬이 다시 부러진 고구려의 날개를 만나러 가야 할까 보다.

내가 아는 일지사

　서울하고도 중심가 한국일보사 뒤 일본대사관 옆, 돈 냄새 기름 냄새 사람 냄새 제일 많이 풍기는 곳쯤에 있는 아담한 삼층 빌딩. 세상과 조금은 돌아앉은 일지사—志社. 어느 조강한 시골 사랑채에라도 찾아온 듯 한적하고 아늑한 집. 어쩌면 서울에 이렇게 조용한 곳이 다 있었을까? 일지사는 나 같은 시골사람 시집도 아무 조건 없이 인세 제대로 주어가며 내주는 집. 어차피 사람은 자기 나름대로 세상을 보고 가는 거지만 내가 아는 일지사 김성재 사장은 깔끔하고 서느롭게° 지조 높은 학자 같은 분. 절에 한 이십 년 앉았다 온 것 같은 분. 게다가 유학종 상무는 구수하고 텁텁하고 마음결이 고운 영락없는 시골사람. 시골사람이 오히려 부끄러운 서울 촌사람. 어쩌면 세상에 그렇게 좋은 사람들이 살고 있을까 싶은 곳, 내가 아는 일지사.

○ 신선하게

123

까닭

　나 이 땅의 글 쓰고 책 내는 어쭙잖은 한 사람 문인
으로서 서울의 일지사 김성재 사장님만큼 점잖고 신사
적이고 양심적인 출판인을 만나보지 못했네. 책이 나올
때마다 또 쇄刷를 달리할 때마다 꼬박꼬박 새 책 보내주
고 인세 십 퍼센트 정확하게 챙겨서 통장에 넣어주는 분
을 보지 못했네. 이런 분이 우리 대한민국 땅에 한 분이
라도 살고 있다는 것은 그것 하나만으로도 얼마나 고맙
고 다행스럽고 자랑스런 일이겠는가! 이런 분이 더 오
래 살고 이런 분의 사업이 더 잘되어야 할 텐데……. 그
래 내가 해마다 정초가 되면 세배 삼아 약소하게나마 서
해안에서 나는 햇김 한 톳을 우편으로 보내드리곤 하는
까닭이 그것이라네.

감동

　새 사위가 처갓집에 갔단다. 저녁이 되자 글을 모르는 장모님이 이웃집에서 이야기책 한 권을 빌려다 사위더러 읽어보라고 했단다. 그런데 사위도 까막눈이니 어쩌겠냐. 무슨 얘기가 쓰여 있기에 그렇게 혼자서만 들여다보고 있는가? 어여 소리 내어 읽어보게나. 어둑한 얼굴로 책장만 뒤적이고 있는 사위를 장모님이 재촉했겠다. 더는 버틸 수 없었던지 사위가 글을 읽기 시작했단다. 암괭이가 빠지면 수괭이가 건져주고 수괭이가 빠지면 암괭이가 건져주고……. 그건 암고양이가 물에 빠지면 수고양이가 건져주고 수고양이가 물에 빠지면 암고양이가 건져준다는 뜻의 말이었단다. 암괭이가 빠지면 수괭이가 건져주고 수괭이가 빠지면 암괭이가 건져주고……. 사위의 책 읽기는 밤이 깊도록 계속되었단다. 그 고대 참 슬픈 고댈세. 장모님은 사뭇 느꺼운 마음이 들어 눈물까지 글썽이며 한숨을 내쉬면서 말했단다. 그곳은 참으로 슬픈 곳일세,라는 뜻의 말이었지. 장모님의 칭찬에 신바람이 난 사위는 더욱 구슬픈 목소리로 책을 읽어나갔단다. 암괭이가 빠지면 수괭이가 건져주고 수괭이가 빠지면 암괭이가 건져주고……. 두 사람이

주고받는 모양새를 바라보며 아랫목에 목침을 베고 누워 있던 장인어른이 벌떡 몸을 일으켜 버럭 소리를 내질렀단다. 자네는 그것도 책을 읽는 거라고 읽고 있는 건가? 그리고 당신은 또 그게 무슨 소린지나 알고 맞장구를 치는 거요?

어릴 적 외할머니가 들려준 옛날얘기 가운데 한 가지다. 참으로 시시하고 재미없는 이야기다 싶은데 외할머니는 아주 열심히 이 이야기를 내게 여러 차례 들려주셨다. 암괭이가 빠지면 수괭이가 건져주고 수괭이가 빠지면 암괭이가 건져주고……. 우리네 인생살이란 것도 시시하고 재미없기는 마찬가지. 그러나 구슬프고 눈물 나는 것이 인생살이란 것이겠구나. 요즘 나도 그것을 조금씩 알아가지 싶다.

이미 오래전의 일

수수꽃다리 같던 호박꽃 같던, 두루뭉술하던 길쭉하기도 하고 펑퍼짐하기도 하던, 더러는 아리잠직하니 곱때정하던, 고향의 아주머니라 불리던 아낙들. 얘야, 이 사람은 누구의 처가 되는 사람이고 너한테 촌수로는 어떻게 되고 또 누구의 엄마 되는 사람인데……. 일 년에 한두 번씩 객지에서 돌아와 받던 특별수업의 진도가 쉬이 나갈 리 없다. 그러나 나는 분별이 잘 서지 않는 마음으로 낯선 아낙들 앞에 번번이 고개 수그린 채 서 있는 것이 그렇게 수줍으면서도 한편으로 좋기만 했었는데……. 모처럼 고향에 들러도 이제는 그 많던 아주머니라 불리던 아낙들 다 어디로 가버렸는지 찾을 길 없게 되었다. 그것은 사라진 것들의 목록 가운데 하나다.

이미 오래전의 일이다.

살구나무

　제민천을 따라가다 보면 알 수 있다. 개울가 길 옆 건축자재 다락같이 쌓아놓은 공터 한 귀퉁이에 머쓱하니 서 있는 키 큰 살구나무. 비들비들 죽어가고 있다. 작년보다도 훨씬 더 적은 나무 잎새 내밀고 죽은 가지까지 매달고 가을을 맞는 품이 꼭 해소 기침 앓는 노인네 같다. 그러나 아는 사람 몇이나 될까? 저 나무가 서 있는 자리, 건축자재 쌓아놓은 자리가 집터였다는 사실을. 저 자리에 서 있던 조그만 집에서 한 예쁘장한 여자아이가 초등학교 4학년에 다니던 시절을 나는 알고 있다. 나는 그 아이의 담임교사였는데 그 아래 2학년짜리 남동생이 있었고 또 유치원에 다니는 여동생도 있었다. 그 아이는 노래도 잘 불렀고 피아노도 잘 쳤지만 일기를 참 예쁘게 잘 썼다. 그래서 나는 일기 검사 시간에 그 아이의 일기만은·빼놓지 않고 읽어보고 거기에 붉은 글씨로 뭐라고 써주기도 했다. 그 뒤 그 아이와 동생들 잘 자라 대학까지 나오고 세 아이 직장이 모두 서울 근방으로 잡히는 바람에 부모님도 집을 팔고 아이들 따라가자, 지금 보는 그 꼴이 되어버렸다. 아마 살구나무도 주인네가 집을 팔고 서울로 간 사정을 짐작해 알고 머잖은 날에 주인네 따라갈 궁리를 하고 있는 모양이다.

누나

나에게는 누나가 없다. 아니, 없었다. 그래서 늘 누나가 있는 아이들이 부러웠다. 누나라고 불러보고 싶었지만 누나라고 불러볼 손위 여자가 없었다. 누나가 있는 아이들은 겨울철이면 곧잘 털실로 짠 장갑을 끼고 다녔다. 더러는 벙어리장갑을 끼고 다니는 아이들도 있었다. 그러나 나에게는 털실 장갑을 짜주는 누나가 없었다. 그래서 늘 겨울이면 두 손이 시렸다. 시린 손을 마주 비비며 나에게도 누나가 하나 있었으면 참 좋겠다는 생각을 하곤 했다. 어쩜 누나보다는 털실 장갑이 더 부러웠는지 모른다.

누나라고 불리는 여자들은 모두가 예뻤다. 머리를 길게 길렀다. 갈래머리도 있었고 교복 차림도 있었다. 눈이 크고 어글어글했다. 서글서글하기도 했다. 멀리서도 향기로운 풀꽃 내음 같은 것이 나기도 했다. 누나는 여자면서 여자가 아니었다. 그러면서 다시 여자였다. 누나란 이름을 가진 여자들은 시집이란 것을 가서 동네에서 모습을 감추곤 했다. 가끔씩 전혀 다른 얼굴의 여자가 되어 마을로 돌아오기도 했다. 누나들은 도대체 어디에 갔다가 돌아온 걸까? 그것이 또 어린 나에게는 궁금한 일이었다.

누나라는 이름은 쓸쓸하고 슬프고 아름답다. 나는 지금도 누나라는 말을 들으면 가슴이 콱 메어온다. 누나! 나의 누나는 어디에 있는 걸까? 누나란 말 속엔 나의 코흘리개 어린 시절이 있다. 찬바람에 손이 시려 두 손을 비비며 커다란 눈에 눈물이 그렁그렁한 키 작은 한 사내아이가 살고 있다. 양 볼이 사과 빛으로 붉어진 어린 내가 나이가 들어버린 또 다른 나를 바라보고 있다. 호동그란 눈이다.

넥타이를 매면서

　신학기 되어 삼월 첫 교장 회의에 가려고 양복을 입고 넥타이를 매면서 같은 아파트 404호 사는 최 교장, 지난 이월 말에 정년 퇴임한 고등학교 일 년 선배를 생각한다. 만 나이 여섯 살에 공부하러 학교 다니기 시작하여 나중에는 선생이 되어 돈 벌러 학교 다니는 일로 평생을 보낸 선배는 지금쯤 집에서 무엇을 하고 있을까? 나도 내년 이맘때면 같은 처지가 될 텐데 어느 누가 교장 회의에 가면서 오늘 나처럼 나를 생각이나 해줄 것인가? 다 부질없는 일이지, 부질없는 일이야. 이런 것 하나 알기에도 아주 많은 세월이 필요했지. 이런 것 하나 알게 된 것도 실은 많이 알게 된 일이지.

도마뱀

도마뱀을 보았다. 흔하지 않은 일이다. 꼬리 잘린 도마뱀을 보았다. 더욱 흔하지 않은 일이다. 아이들과 함께 찾은 여름 한낮의 개울가. 햇빛 받아 따끈따끈 데워진 모래밭 갈대 수풀 밑으로 쪼르르 달려가는 녀석이었다. 무엇한테 꼬리를 잘렸을까? 녀석은 앞으로 뭉툭한 꼬리를 흔들며 살아갈 거다. 나무나 풀잎의 새순이 돋아나듯 여리고 조그만 꼬리가 나올 때까지 그 모양 그대로 살아갈 거다.

내 마음속에도 꼬리 잘린 도마뱀 한 마리 살고 있다. 언제쯤 잘렸던가? 아직도 잘린 채 움이 돋을 기미가 보이지 않는 꼬리. 녀석이 가끔 뭉툭한 꼬리를 흔들며 기어다닐라치면 나도 쓸쓸해지는 마음이곤 한다. 아직도 잘려 나간 꼬리 부분이 써늘한 느낌이 들고 아파와서 그럴 것이다.

안녕? 어린 날의 귀여운 친구. 내 조그만 발바닥 도장이 그대로 찍히곤 했던 검정 통고무신. 벗어놓고 놀다 보면 그 통고무신 안에도 자주 들어가 주인 행세를 하

던 친구. 공룡시대의 유물. 앞으로도 오래 건재하시길

빌어.

거기 나무가 있었다

언제부턴지 모르게 거기 한 그루 나무 서 있었다. 봄이면 새 이파리 내밀고 여름이면 새 가지를 키워 높다라이 하늘 닿게 자라다가 가을이면 이파리를 떨구고 겨울이면 묵상하는 사람처럼 고개 숙여 서 있을 따름인 나무. 오랜 날들이 그렇게 흘렀다. 사람들은 나무 아래를 지나쳐 대처大處에 나가기도 하고 집으로 돌아오기도 했지만 거기 나무가 있다는 것을 까맣게 잊고 살았다. 가끔 나무 아래에서 고달픈 다리를 쉬거나 햇빛을 피하기 위해 앉아 있기도 했지만 거기 나무가 그렇게 있다는 사실을 자주 잊어버리곤 했다. 많은 날이 또 그렇게 흘렀다. 그러던 어느 날 무슨 까닭으론지 나무가 베어지고 말았다. 나무가 베어진 뒤 비로소 사람들은 알게 되었다. 아, 저기에 나무가 있었구나. 그것도 키가 하늘 닿도록 아름드리 커다란 나무가 있었구나.

사람들 마음속에 커다란 나무 한 그루씩 심어진 것은 그 뒤의 일이었다.

구멍 뚫린 잠

요즘 나의 잠은 구멍이 숭숭 뚫려 있다. 잠자리에 들기만 하면 그 구멍으로 온갖 귀신이며 도깨비가 비집고 들어와 난장을 트며 같이 놀자 꼬인다. 처음에는 뜨악하여 뒤로 물러서지만 나중에는 나까지 한판 끼어 희희낙락이며 밤을 새우곤 한다. 그건 아예 잠을 자는 게 아니라 꿈의 바다에 빠져 허우적이는 꼴인데, 어떤 때는 안타깝기도 하고 억울하기도 하고 서럽기까지 하니 여간 실감이 나는 게 아니다. 꿈속에서 보면 낮의 세계가 거꾸로 꿈을 꾸는 일로 보이고 아내조차 꿈속에서 만난 사람으로만 보이니 또 그건 여간 신기한 일이 아니다. 자다가 깨어 오줌 누고 다시 잠을 청할라치면 연속극 보듯 조금 전에 꾸던 꿈을 파노라마로 이어서 보여줄 때도 있다. 어젯밤에 찾아온 도깨비는 예쁘장하고 내 마음이 끌리는 그런 젊은 여자 도깨비였는데 꿈속에서도 나는 용기가 부족하여 망설이기만 하였다. 겨우 손을 잡는 데까지만 나아가고 꿈이 깨어버리고 말아 꿈을 깨고 나니 그것이 또 나에게는 여간 섭섭한 생각이 아니었다.

오늘 아침 나는 이틀을 산 사람처럼 두 배로 늙은 느낌이다.

야만

어떤 물고기는 알을 낳고 죽기도 하고 새끼를 부화시키고 나서 죽기도 한다 그런다. 그건 새들도 가끔 그렇다고 그런다. 놀라운 일이다. 아름다운 일이다. 한 감격이고 성스러움이다. 어떤 꽃은 일생에 딱 한 번 꽃을 피우고 나서 그다음 해에 자결하듯 목숨줄을 놓아버린다 그런다. 역시 놀라운 일이다. 아름다운 일이다. 한 감격이고 성스러움이다. 그러니까 그들에겐 알을 낳거나 새끼를 부화시키거나 꽃을 피운다는 것은 죽음을 의미하는 일일 것이고 세상과의 하직 절차일 것이다.

그런데 사람은 어떤가? 새끼를 낳고 새끼를 키우고 나서도 죽지 아니하고 계속해서 새끼를 낳고 새끼를 키우고 그 새끼가 새끼를 낳는 것까지 보지 못해 안달한다. 참 뻔뻔스런 일이다. 미안한 일이다. 한 수치요 야만스러움 아니겠는가.

아! 어머니

　무작정 상경 길에 오른 시골 아이들처럼 석 달 동안 입원해 있던 대전의 병원에서 가퇴원 신청하고 짐 빼서 이른 아침부터 앰뷸런스를 몰아 서울아산병원에 와 겨우 담당 의사를 만나긴 했지만 입원할 방이 없다 하여 응급실을 기웃대다가 끝내는 맞던 주사라도 계속 맞아야 하지 않겠나 싶어 이웃의 작은 병원으로 향하는 차 안에서 잠시 김남조 선생을 떠올리기도 했다. 이런 때 선생이라면 어떻게 도와주시지 않을까 싶어서였다. 백방으로 뛰어다닌 끝에 아들아이가 겨우 침대 한 칸을 얻어 거기 널브러졌을 때 첫 번째로 전화 주신 분이 김남조 선생이었다. 아침부터 어쩐지 느낌이 이상하여 전화하셨다는 것이었다. 아! 어머니.

너무 그러지 마시어요

너무 그러지 마시어요. 너무 섭섭하게 그러지 마시어요. 하느님, 저에게가 아니에요. 저의 아내 되는 여자에게 그렇게 하지 말아달라는 말씀이에요. 이 여자는 젊어서부터 병과 더불어 약과 더불어 산 여자예요. 세상에 대한 꿈도 없고 그 어떤 사람보다도 죄를 안 만든 여자예요. 신장에 구두도 많지 않은 여자구요, 장롱에 비싸고 좋은 옷도 여러 벌 가지지 못한 여자예요. 한 남자의 아내로서 그림자로 살았고 두 아이의 엄마로서 울면서 기도하는 능력밖엔 없는 여자이지요. 자기 이름으로 꽃밭 한 평, 채전밭 한 귀퉁이 가지지 못한 여자예요. 남편 되는 사람이 운전조차 할 줄 모르는 숙맥이라서 언제나 버스만 타고 다닌 여자예요. 돈을 아끼느라 꽤나 먼 시장 길도 걸어 다니고 싸구려 미장원에만 골라 다닌 여자예요. 너무 그러지 마시어요. 가난한 자의 기도를 잘 들어 응답해주시는 하느님, 저의 아내 되는 사람에게 너무 섭섭하게 그러지 마시어요.

4부

짧지만 짧지 않은

인생 드라마

너를 보았다 2
— 햇님쉼터한의원에서

    사방이 황토로 발라진 방. 장작불로 달구어진 방바닥. 천장을 보고 눕자마자 갑자기 몸이 공중으로 붕 떠올랐다. 한 마리 새가 된 느낌. 비행기에 타고 있는 느낌. 엎드린 채 아래쪽을 보고 있었다. 크고 작은 산들이 마치 조개껍질처럼 내려다보이면서 그들이 물결쳐 빠르게 앞쪽으로 달려오고 있었다. 줄기줄기 산과 산의 골짜기가 환하게 들여다보였다. 얇고 하얀 구름이 그 사이를 또한 빠르게 스쳐가고 있었다. 매우 투명한 세계, 어딘가에 네가 있을 것이라는 느낌이 왔다. 어딘가에 숨어서 나를 지켜보고 있다는 느낌이 들었다. 그런데 왜 나는 너를 보지 못하는 걸까? 안타까운 생각에 눈물이 나기 시작했다.

    어느새 나는 어두컴컴한 실내에 들어와 있었다. 네모난 좁은 복도 사이로 네가 오고 있었다. 아니, 어여쁜 한 여자아이가 걸어오고 있었다. 성장 차림, 머리에는 선홍빛 붉은 구슬 모자를 쓰고 있었고 아청빛 치마저고리를 입고 있었다. 구슬 모자가 가늘게 떨고 있었고 옷자락이 조금 나부끼고 있었다. 모자에서도 옷에서도 빛이 쏟아지고 있었다. 그 뒤로 몇 사람의 여자들이 따르고 있었지만 그 모습은 분명하게 보이지 않았다. 맑은 음악 소리가 들리고 있었을까. 향기라도 조금 번지고 있었을까. 너를 불러야지 생각하는 사이 너의 모습은 벌써 사라지고 있었다. 아, 말을 하려고 했지만 말이 나오지 않았다. 어느새 나는 흐느껴 울고 있었다.

집

　아침만 되면 사내들은 서둘러 밥을 먹고 신을 신고
어디론가 떠나야만 했다. 오랜 세월 어길 수 없는 전통
이고 의식이었다. 애당초 그들은 여행자였고 사냥꾼이
었고 떠돌이였기 때문이다. 아침만 되면 또 사내들은 바
람이 나곤 했다. 바람이 되어 세상을 넘나들었다. 스스
로를 종마라 생각하고 우쭐댔으며 누군가가 지켜보고
있다는 착각으로 늘 으스대곤 했다. 약간의 겸양과 수
줍음까지도 그것은 바람기와 우쭐댐의 변종 같은 것이
었다.

　그들은 떠나온 집을 잘 기억하고 있었다. 그래서 저
녁 시간이 되면 떠나온 집으로 정확하게 돌아갈 줄 알
았다. 그들 마음속에 집이 들어 있었기 때문이다.

　그러나 나이를 먹고 풀이 죽어 아침이 되어도 신을
신고 떠날 곳이 없는 사내들, 바람이 날 수도 없고 바람
이 될 수도 없는 사내들은 종일 방 안에 갇혀 유리창 밖
만을 응시한다. 언제쯤 다시 떠날 수 있을까? 언제쯤
다시 바람이 되는 걸까? 그들의 집은 이제 젊어서 떠돌

던 머나먼 곳, 적어도 산 너머 그 어디인가에 있다. 여전히 마음속에 숨어 있다. 그러나 그 집이 이미 이 세상이 아닌 곳에 있다는 걸 그들은 미처 짐작하지 못한다.

짧지만 짧지 않은

학교 선생이었다. 그것도 초등학교 선생이었다. 순한 한 여자의 남편이었고 어리고 착한 두 아이의 아버지였는데 한 아이는 아들이었고 한 아이는 딸이었다. 고향을 떠나 객지에서 살고 있었다. 사연인즉 충청도 학교에서 교감선생을 하고 있었는데 쉽사리 교장으로 승진이 안 되어 승진이 좀 빠르다는 경기도로 학교를 옮겨 근무하고 있었다. 그러나 옮겨 간 학교에서는 더욱 승진이 되지 않아 교감으로 정년의 날을 맞이해야 했다. 억울하고 분했다. 서러웠다. 여전히 순한 아내와 착하고 어린 두 아이와 마주 앉아 으스름 저녁 불도 켜지 않은 방 안에서 밥을 먹고 있었다. 시래기 된장국이 올라와 있는 소박하고 가난한 식물성 밥상. 밥을 먹으면서도 가족에게 미안하다는 마음, 일평생이 헛되이 흘렀다는 생각, 잘못 살았다는 생각 때문에 훌쩍이고 있었다. 할 수만 있다면 정말 할 수만 있다면, 다시 한번 사람으로 태어나고 다시 한번 시골 학교 선생이 되고 지금처럼 순한 아내의 남편이 되고 착하고 어린 두 아이의 아버지가 되어 다시 한번 살아보고 싶었다. 그때는 한번 그럴듯하게 잘 살아보고 싶었다. 안타까워 마음 졸이고 있을 때 퍼뜩 잠이 깨어버렸다. 후유, 꿈이었구나! 생시보다 더욱 불행하고 실감 나는 한 토막 짧지만 짧지 않은 인생 드라마.

망발

　이번에는 노총각 신세였다. 꿈속인데도 늦도록 장
가가지 못하는 신세가 처연했다. 그냥 홀몸으로 늙어
죽을까도 심각하게 고려해보는 상황이었다. 끝내 얹혀
살 생각을 하니 부모님께 누이동생들에게 미안했다. 초
임 발령받은 여선생 가운데 마음이 가는 한 사람 있기
는 있었지만 중매를 넣자마자 퇴짜를 맞았다. 옆모습이
길씀하니° 잘생긴 외모였다. 머리칼이 구름같이 치렁하
고 서구적인 마스크가 감당이 되지 않는 외모였다. 아버
지가 군인으로 계급이 높은 사람이라 했다. 폼 나게 돈
을 세는 가늘고 기다란 손가락이 또 예뻤다. 누가 나 같
은 키 작은 남자, 가난뱅이 초등학교 선생, 게다가 시를
쓰는 성격까지 까다로운 사람한테 시집온단 말인가! 한
숨이 절로 나오는 일이었다. 가슴이 옥죄듯 아파와 퍼
뜩 잠에서 깼다. 아! 이번에도 꿈이어서 다행이구나.
그런데 이건 40년도 넘게 함께 산 아내한테 얼마나 미안
한 꿈인가. 망발이었다.

　° 길은 듯한

이 나쁜 사람아

　세상에서 착한 사람은 하느님이 서둘러 하늘나라로 데려가신다더니 그 말이 맞는 말인가 보구나. 사람끼리 너무나 사랑하면 악마가 시기한다더니 필경 그 말도 맞는 말인가 보구나. 우리는 너무나 너를 사랑하고 아꼈다. 너는 이름처럼 수정같이 맑고 깨끗하여 바라보기조차 아깝고 이름 부르기조차 조심스러웠던 사람. 이제 와 생각해보니 우리가 너를 너무나 사랑한 것이 죄라면 죄인가 보구나. 이제야 마음 놓고 불러보는 수정아. 내가 사랑했고 세상 사람들이 사랑했고 내 아들이 아내로 사랑했고 내 손자가 엄마로 사랑했던 수정아. 세 살배기 너희 아들 어진이가 자라면서 엄마를 찾고 엄마에 대해 이야기해달라면 우리는 무엇이라 대답해주어야 하겠느냐? 그러나 수정아. 우리의 슬픔과 절망이 아무리 크다 해도 짧은 시간 너를 만나 지극히 행복했고 만족해했고 즐거워했던 네 남편, 내 아들 병윤이의 슬픔만 하겠느냐! 할 수만 있다면 네 남편 나병윤, 우리 아들 나병윤을 위로해주고 사랑해주고 부드러운 손길로 쓰다듬어다오. 그의 앞날을 지켜보아 주고 자유롭고 평화롭게 열어다오. 네 아들 어진이를 끝없는 어미의 기도로 축복해

다오. 새벽에 잠 깨어 울면서 울면서 너에게 부탁한다.

부탁한다. 내 사랑했던 며느리 수정아! 이 나쁜 사람아!

나무, 오래된 친구

　나무라도 키가 큰 나무, 울울창창 자라 그늘이 짙고 밑동이 아름으로 자란 나무. 그런 나무 아래 앉으면 나는 그만 꿈꾸는 사람이 되어 멀리멀리 떠나가 아직 모르는 낯선 나라를 헤매는 마음이 된다. 머언 바람 소리, 강물 소리, 산악을 스치는 우렛소리를 듣고 새소리, 물소리, 물속을 헤엄치는 물고기의 지느러미 소리를 듣는다.

　나무보다 더 커다란 덕성을 지닌 목숨이 어디 있을까. 그 무엇에게도 손해를 끼치지 않고 오직 도움만을 자청하는 어진 생명. 새들이 깃들이게 하고 바람을 불러오고 때로는 구름의 보금자리를 마련해주는 나무. 나무 사이로 보이는 하늘 또한 얼마나 아스라이 높고 밤하늘의 달빛이며 별빛은 또 얼마나 눈부신 것이었던가.

　나 어려서 어려서 열여섯 살 공주사범학교 1학년 학생일 때. 학교 낡은 교사校舍 뒤 쓸쓸한 실습지에 외따로 서 있던 두어 아름 크기의 나무. 처음 보는 나무라서 그 나무 이름 목백합이라는 걸 나중에야 알았지만, 그 나무 아래 앉아 나는 얼마나 많은 것을 꿈꾸는 아이였던

가. 얼마나 가슴 부푼 아이로 행복했던가.

한 번도 가보지 못한 유럽. 그 유럽의 한 나라에서 태어난 헤르만 헤세, 혹은 라이너 마리아 릴케란 이름의 시인을 그리워한 것도 그 나무 아래서였다. 아, 나무는 스스로 꿈꾸기 좋아하는 아이. 사람을 불러들여 더불어 꿈꾸게 하는 또 하나의 인격. 나무는 얼마나 의젓하고 정다운 우리의 이웃이며 얼마나 그립고도 좋은 친구인가.

나 이제 나이 든 사람이지만 문득 자전거 타고 가다가 자전거 세워놓고 초록 물 질펀히 들어가는 나무 아래 쭈그려 앉아 소년 시절 미처 다 꾸지 못한 꿈을 꾸기로 한다. 나무여, 그대가 있어 나는 외로워도 외롭지 않았고 혼자라도 혼자가 아닌 사람이었다오. 그대로 하여 행복했다 진정 고맙구려, 오래된 친구.

별

　우리는 한 사람씩 우주공간을 흐르는 별이다. 머언 하늘길을 떠돌다 길을 잘못 들어 여기 이렇게 와 있는 별들이다. 아니다. 우리는 오래전부터 서로 그리워하고 소망했기에 여기 이렇게 한자리에서 만나게 된 별들이다.

　그러니 너와 나는 기적의 별들이 아닐 수 없다. 하늘길 가는 별들은 다만 반짝일 뿐 서러운 마음 외로운 마음을 가지지 않는 별들이다. 그러나 우리는 순간순간 외로워하고 서러워할 줄 아는 별들이다. 안타까워할 줄도 아는 별들이다. 그러니 우리가 얼마나 사랑스런 별들이겠는가!

　부디 편안한 마음으로 따뜻한 마음으로 잠시 그렇게 머물다 가길 바란다. 오직 사랑스런 마음으로 기쁜 마음으로 내 앞에 잠시 그렇게 있다가 가길 바란다. 굳이 재촉하지 않아도 이별의 시간은 빠르게 오고 우리는 그 명령을 따라야만 한다. 그리하여 너는 너의 하늘길을 가야 하고 나는 또 나의 하늘길을 열어야 한다.

우리가 앞으로 다시 만난다는 기약은 바랄 수도 없는 일이다. 어쩌면 이것이 처음이자 마지막 만남일 수도 있겠다. 그리하여 우리는 앞으로도 오래 외롭고 서럽고 안타깝기까지 할 것이다. 부디 너 오늘 우리가 이 자리 이렇게 지극히 정답게 아름답게 만났던 일들을 잊지 말길 바란다. 오늘 우리의 만남을 기억한다면 앞으로도 많은 날 외롭고 서럽고 안타까운 순간에도 그 외로움과 서러움과 안타까움이 조금은 줄어들 것이다.

나도 하늘길 흐르다가 멀리 아주 멀리서 반짝이는 별 하나 찾아낸다면 그것이 진정 너의 별인 줄 알겠다. 나의 생각과 그리움이 머물러 그 별이 더욱 밝은 빛으로 반짝일 때 너도 나를 알아보고 나를 향해 웃음 짓는 것이라 여기겠다. 앞으로도 우리 오래도록 반짝이면서 외로워하기도 하고 서러워하기도 하자.

오늘 우리가 여기서 이렇게 헤어지고 나면 어디서 또다시 만난다 하겠는가? 잡았던 손 뿌리치고 나면 언제 또 그 손을 잡을 날 있다 하겠는가? 너무도 사랑스럽고 어여쁜 너. 오직 기적의 별인 너. 많이 반짝이는 너의 별을 데리고 이제는 너의 길을 가라. 나도 나의 길을 가련다. 아이야, 오늘은 여기서 안녕히! 나에게도 안녕히!

등판

저녁에 아내 샤워하면서 모처럼 등 좀 밀어달라고
그래. 등 밀어주면서 보았더니 글쎄, 어느 사이 이리도
많은 점이 나도 모르는 사이 늘어났더란 말이냐? 아내
의 몸 가운데 제일로 잘생기고 실하고 보기 좋은 등판.
후덕하고 너그러운 등판. 기대어 오랫동안 울어도 좋을
듯싶은 등판. 거기에 글쎄 콩멍석에 콩 널어놓은 듯, 팥
널어놓은 듯, 크고 작은 점들이 새로 생겨 빼꼼히 눈을
뜨고 나를 바라보고 있을 줄이야! 아내 등판에 돋아난
까뭇까뭇한 별들을 바라보면서 나는 그래도 샤워할 때
자주자주 등이라도 밀어주어야겠다고 생각해본다. 하
지만 당분간 아내에게는 등판에 점들이 늘었다는 말은
비밀로 하기로 한다.

독배

아빠는 왜 그렇게 포기하지 못하고 그러는 거예요? 혼자만 고집부리고 그러는 거예요? 의사들이 다들 안 된다 그러고, 자료를 봐도 아빠는 살 수 없는 사람이 확실한데 왜 아빠 혼자만 그렇게 포기하지 못하고 끝까지 매달리고 울고불고 그러는 거예요? 그렇다면 나더러 그냥 죽으란 말이냐! 그런 건 아니고요, 아빠가 하도 포기하지 못하고 매달리고 그러니까 애달파서 하는 말이에요. 아니, 어떤 딸이 그렇게 아비한테 매정하게 말할 수 있단 말이냐! 아빠, 생각해보세요. 엄마 뱃속에서 나오자마자 죽은 아이도 있고 젊은 시절 교통사고로 죽은 사람도 있어요. 그걸 생각해보고 마음을 좀 편하게 가지시라고 하는 말이에요. 이렇게 말하고 저렇게 말을 바꾸어도 그것은 죽으라는 말밖에 다른 말이 아니지 않느냐! 어떤 딸이 이렇게 아비 가슴에 화살을 쏘고 아비 마음에 독을 뿌린단 말이냐! 그것은 멀쩡한 배신이요 독배였다. 세상에서 가장 사랑하는 딸아이한테 받은 독배였다. 병실 침대에 누워, 멍하니 앉아, 오래오래 딸아이의 말을 곱씹어 보았다. 아무리 생각해보고 마음을 굴려보아도 그것은 섭섭한 노릇이고 딱한 노릇이었다. 그러나 끝내는 그 섭섭함이 나를 살렸다. 딸아이의 독과 화살이 나를 살렸다. 그래, 하나밖에 없는 딸아이마저 저러는 판에 내가 뭘 주저하고 망설일 게 있단 말이냐. 무작정 살아보는 거다! 내가 살고 싶은 대로 내가 사는 거다! 정말로 내가 이대로 거꾸러질 수는 없지 않으냐! 그 오기와 괘씸함과 억울함이 병상에서 나를 조금씩 일으켰다. 아, 그것은 하나의 극약처방. 때로 약보다 독이 더 좋은 약이 될 수도 있다는 것을 알게 된 것은 바로 그때부터의 일이다.

조그만 시인

　어려서 다만 나는 한심한 아이, 만만한 아이였다. 동네 아이들 누구도 함부로 이름 불렀고 함부로 심부름 시켰고 함부로 따돌렸다. 동네에서도 가장 높은 곳에 있다 해서 꼬작집이라 불리던 오두막집에서 젊은 외할머니랑 사는 키 작은 사내아이. 아무도 돌봐주는 사람이 없었다. 매 맞는 날도 있었는데 그런 날이면 외할머니 나를 때린 아이네 집에 찾아가서 따지기도 하고 하소연하기도 했다. 별명도 여러 가지였다. 성씨가 나가라 해서 날타리라 불렀고 머리가 커서 대갈장군, 4학년 분수를 배운 뒤로는 아이들 나를 가분수라 놀렸다. 그렇다면 이렇게 만만한 아이, 한심한 아이, 보잘것없는 아이한테 하늘은 아무런 축복도 없었을 것인가. 그냥 내려다보고만 있었을 것인가. 아니다. 하늘은 나에게 생각하는 마음을 주었고 오늘보다 내일을 꿈꾸고 먼 것을 그리워하는 마음을 주었다. 혼자서 책 읽고 혼자서 그림 그리는 외로움을 주었고, 특히 사람을 좋아할 줄 아는 능력을 선물했다. 그래서 끝내 나는 조그만 시인이 될 수 있었다. 오늘날 길가에 보도블록 사이에 버려진 채 피어 있는 저 풀꽃들을 본다. 아무도 들어주지 않는 산골의 물소리, 새소리를 듣는다. 그들에게 하늘의 축복은 없을 것인가. 아니다. 그들에게도 응분의 축복과 보살핌과 사랑은 있을 것이다. 그러므로 너무 그들을 안쓰럽게 여길 것까지는 없다. 그들도 오늘 그들 목숨의 최상을 살고 갈 뿐이다. 그들도 나처럼 이 땅에 나와 조그만 시인으로 살고 있는 것이다.

구월의 산행

핸드폰을 끈 채 산길에 선다. 자꾸만 핸드폰을 살리고 싶은 유혹을 누르면서 오르막길 내리막길 꼬불길을 지난다. 그래 겨우 한 시간이나 두 시간 세상에서 잊히는 것이 그렇게 억울하고 섭섭하단 말인가.

바람이 불어와 목덜미의 땀을 씻어준다. 삽상하다. 산매미도 운다. 여러 가지 음색이다. 침입자에 놀란 산새가 강그라진다. 나도 놀란다. 또 하나의 세계다.

그래도 이렇게 떨리지 않는 다리로 산을 오를 수 있다는 게 얼마나 다행한 일인가. 이렇게 짬을 낼 수 있다는 게 또 얼마나 고마운 노릇인가. 내려가 다시 웃으며 만날 사람이 있어서 또 얼마나 좋은가.

그래 좀 더 가보자. 가보는 거다. 가보았자 아무것도 없겠지만 가보는 거다. 산을 내려오는 시간 땀에 전 육신, 가벼워진 마음이라도 만나러 가는 거다.

안부

　　고등학교 다닐 때 한 여학생한테 혹하여 자주 우울하고 자주 서러울 때. 혼자 찾아가 서성이곤 하던 벚나무 아래. 학교 뒤뜰 안 후미진 곳. 삼 년 내내 말 한마디 건네지 못하고 지켜보기만 하다가 학교를 졸업하고 말았는데 지금은 모교도 없어지고 그 자리 다른 학교가 들어서고, 다만 올해도 봄이 와 만개한 벚꽃들 환한 벚꽃 송이 팔뚝에 매달고 멀리 나에게 악수를 청한다. 자네도 그동안 많이 변했네그려. 아직도 살아남은 것만이라도 고맙지 뭔가. 오십 년도 넘는 시간의 강물을 건너 오직 변하지 않은 친구 하나 나에게 눈짓으로 안부를 전한다.

붉은 동백꽃 어여쁜 그리움

다시 한번 기적처럼 가을이 찾아왔다가 서둘러 떠나는 자리. 은행나무 은행잎 무너져 내려 가슴 또한 무너져 내리던 날. 그것도 수능시험이 있던 추운 가을날.

충남 대천이 고향이라는 여고생 한별이 시린 손 비비며 혼자서 버스를 타고 그 먼 길 풀꽃문학관을 찾아왔다 그러네. 헌칠한 키에 잘생긴 얼굴. 그 가운데서도 초승달 짙은 두 개의 눈썹. 선하고도 맑은 눈 껌벅껌벅.

무엇이 이 처녀아이로 하여금 이렇게 추운 날 찾아오게 했을까? 그 가슴에 일찍 피어난 붉은 동백꽃 어여쁜 그리움 그 아이를 졸라서 그렇게 한 것이 아닐까?

깊게 박힌 한 개 못인 양 오래도록 잊히지 않겠네. 아프지만 끝까지는 아프지 않게 서럽고도 예쁘게 생각 머무네. 젊고도 예쁜 꽃이여, 오래오래 지지 말거라. 혼자 맘속으로 비옵네.

한들한들

초등학교 4학년 때 담임했던 여자아이다. 어려서부터 탁월했다. 공부를 잘했고 글을 잘 썼으며 성격이 야무지고 피아노를 잘 쳤다. 자라서 무어든 한 가지 잘 해내는 사람이 되려니 기대를 모았다.

그러나 나중에 친구 아이들한테 들으니 아니었다. 피아노를 잘 쳤지만 피아니스트가 된 것도 아니고 좋은 대학에서 영문학을 전공했지만 영문학자가 된 것도 아니고 글을 잘 썼지만 글 쓰는 사람이 되지도 않았다 한다.

다만 잡지사 기자가 되어 잠시 다니다가 좋은 남자 만나 결혼하고 나서 직장을 그만두고 그냥 아줌마로 눌러앉았다는 것이다. 아깝다. 왜 그 애는 그렇게 살까?

친구들 말로는 가끔 좋아하는 가게에 나가 손님들 앞에서 피아노도 쳐주면서 한들한들 아무 불평 없이 그냥 아줌마로 잘 산다고 그랬다. 한들한들! 누군가의 삶이기도 하고 누군가의 삶이 아니기도 한 한들한들!

유독 그 '한들한들'이란 말이 오래 뒤에 남았다. 왜 나는 그 애처럼 한들한들 살지 못했을까? 몇 줄짜리 시를 쓰고서도 꼬박꼬박 이름 석 자, 끼워 넣어 세상에 날려 보내며 오십 년을 고역으로 버텼을까!

늦었지만 나도 초등학교 4학년 담임했던 여자 제자 아이가 피우고 있다는 그 한들한들이라는 꽃 한 송이를 따라서 피워보고 싶은 것이다.

잃어버린 시

누구나 마음속에 어린아이 하나 살고 있지요. 눈이 맑고 귀가 밝은 아이. 작은 바람 하나에도 흔들리고 구름 한 쪽에도 울먹이고 붉은 꽃 한 점에도 화들짝 웃는 아이.

우리가 어린 시절 다니던 초등학교 운동장에 두고 온 아이입니다. 고향 떠나올 때 고향 집 초라한 마루 끝에 손사래 쳐 떼어놓고 온 바로 그 아이입니다.

그 아이 불러내야 합니다. 그 아이 손을 잡고 다시금 먼 길 떠나야 합니다. 그리하여 그 아이를 시켜 말을 하게 해야 합니다. 보는 것 듣는 것 생각하는 것 그 아이더러 대신 말하라 해야 합니다.

그것이 바로 당신의 시, 잃어버린 바로 그 시입니다. 다시금 찾아야 할 우리의 시입니다.

애벌레

애벌레 하나 있었습니다. 다른 애벌레들처럼 이슬을 마시고 풀잎을 먹으며 하루하루 잘 자랐습니다. 그의 날들은 자유롭고 평화로웠습니다. 점점 몸이 자랐습니다. 몸이 자란 애벌레들은 차례대로 고치를 짓고 그 안에 자기 몸을 가두었습니다. 그것은 구속이었고 깜깜한 어둠이었습니다. 바라보기만 해도 답답한 일이었고 불편한 일이었습니다. 애벌레는 그런 모습이 싫었습니다. 자기는 그런 모습이 되고 싶지 않았습니다. 함께 살던 모든 애벌레가 고치가 되었는데도 이 애벌레만은 아직도 애벌레입니다. 여전히 이슬을 마시고 풀잎을 먹으며 자유롭고 평화롭게 살고 있었습니다. 며칠이 지나자 고치 속으로 들어갔던 애벌레들이 나비로 바뀌어 나옵니다. 한 마리, 두 마리…… 하늘은 이제 나비들로 가득합니다. 야, 멋있다. 애벌레는 나비들을 보면서 부러워합니다. 그러나 그는 여전히 고치만은 짓고 싶지 않았습니다. 그의 몸에는 점점 주름이 생기기 시작합니다. 몸의 빛깔도 푸른빛에서 갈색빛으로 바뀝니다. 하늘을 날던 나비들은 제각각 알을 남기고 세상을 떠났습니다. 그런데도 여전히 애벌레는 애벌레입니다. 그의 몸 위에는 더욱 많은 주름이 생기고 그의 몸 빛깔은 더욱 어두운 색깔로 바뀌었습니다. 다만 애벌레 자신만 그것을 알지 못할 뿐입니다.

팔불출

아내 자랑 자식 자랑을 하면 팔불출 가운데 하나라고 흉을 보지만 한 번만 아내 이야기를 해보고 싶어요. 1973년 결혼하여 사는 아내이니까 벌써 사십사 년째 함께 사는 아내입니다. 결혼 이후 한 번도 자기 입장이나 주장을 먼저 내세우기보다는 언제나 함께 사는 남편 입장에서 생각하며 살아온 사람이지요. 먹을 것이 있어도 남편인 내가 먼저지 자기가 먼저가 아닙니다. 내가 사과를 좋아하는 사람이므로 아예 아내는 사과에 입을 대지 않습니다. 어디까지나 남편이 먹다 남기는 사과만 조금 먹을 뿐입지요. 매우 전근대적인 사람, 요즘엔 이런 사람이 세상에 드물겠지요. 집에서 내가 글을 쓰거나 쉬는 날엔 아예 집안일을 하지 않습니다. 가사 폐업을 하는 것이지요. 집에 분명 사람이 있기는 하지만 집에 아무도 없는 것처럼 해줍니다. 나 혼자만 있는 것처럼 집안 분위기를 만들어줍니다. 그러기 위해 자기는 집 안 한구석에서 푸성귀를 다듬거나 다림질을 하거나 화분의 꽃을 돌보거나 그것조차 할 일이 없으면 아예 자기 침대에 가서 잠을 자주는 거지요. 그렇지만 내가 아침 일찍 출타해야 하는 날엔 자기가 먼저 일어나 집안일을 하면서 인기척으로 나를 깨웁니다. 절대로 내 방으로 와서 잠자고 있는 나를 흔들어 깨우는 법이 없지요. 감사하고 고마운 일, 세상에는 이런 여자가 그다지 많지 않다고 생각합니다. 일박이일로 멀리 문학 강연을 떠나면 아내는 또 따라가 줍니다. 역시나 고맙고 감사한 노릇, 이런 아내가 세상에는 별로 없다고 나는 생각합니다. 이제는 누구라도 나를 팔불출이라고 놀려도 좋겠습니다.

며늘아기에게

며늘아기야, 너는 우리 집에서 한 사람밖에 없는 이씨다. 우리 집안에는 너처럼 한 사람밖에 없는 김씨가 있다. 그 사람은 바로 너의 시어머니. 어느 날인가 앞으로 내가 사람 구실을 하지 못하거나 세상에 없는 날이 오면 이 김씨를 좀 부탁하자. 너도 한 사람밖에 없는 이씨니까 이 김씨를 좀 돌봐다오. 이 김씨는 말솜씨도 좋지 않아 이렇게 저렇게 말을 둘러댈 줄도 모르고 속마음을 숨길 줄도 모르고 무엇보다도 작은 말이나 사소한 일에 마음의 상처를 잘 받는 사람이다. 몸집이 퉁퉁하고 그럴듯해서 튼실한 것 같지만 그 반대인 사람이다. 말도 조심조심하고 작은 일에 신경 써서 챙겨주면 어린아이처럼 많이 좋아하는 사람이란다. 이씨야, 부디 이담에 내가 없을 때 이 김씨를 네가 좀 보살펴다오. 친구처럼 이웃처럼 나이 든 언니처럼 때로는 어린아이처럼 말이다.

오아시스

오직 죽음. 오직 분열. 오직 목마름뿐인 이 땅에 너 하나만 오직 샘물을 가진 어여쁜 여인. 맑고 깨끗한 숨결을 가진 낭자여. 너의 숨결을 나에게도 나누어주렴. 너의 샘물을 나에게도 허락해주렴. 나를 좀 살려다오.

목이 마른다. 목이 탄다. 자꾸만 몸이 작아진다. 바람이 분다. 모래바람. 바람이 너무 세차다. 흔들리다 못해 모로 몸을 눕힌다. 나를 붙잡아다오. 아니, 나를 안아다오. 나는 지금 무릎 꿇은 늙은 낙타.

안아보자. 너를 안아보자. 너는 물오른 봄날의 들판. 개울가의 버들개지 낭창낭창. 너를 안으면 나도 파르르 떨며 물이 오르는 백양나무, 백양나무. 모래바람 하늘에 키를 세우며 만세 부르는 초록의 나무가 되기도 한다.

너에게 입술을 댄다. 나의 몸이 금세 살아나면서 나도 조그만 샘물이 된다. 너에게 몸을 기댄다. 사탑. 무너지는 모래의 탑이 다시금 굳건해진다. 어디선가 향기가 온다. 향기 속에 너의 숨소리가 있다. 몸과 마음을 바람에 날린다. 허공에 던진다.

이제는 목이 마르지 않다. 몸을 버리고 마음의 끈을 놓아도 좋겠다. 나는 그냥 바람이어서 좋겠고 허공이어서 좋겠고 한 줌의 모래여서 더욱 좋겠다. 넘어진다. 넘어진다. 넘어지고 만다. 꽈당!

그렇지만 너는 여전히 너는 곁에서 꿈을 꾸는 아이. 곱게 치장한 채 잠이 깊은 처녀. 너와 함께 꿈속의 여행을 떠나곤 한다. 어떨까? 그곳이 아프리카 탄자니아 어디쯤, 나미비아 나미브사막 어디쯤이면 어떨까? 나는 그곳에서 너와 함께 얼룩말 두 마리로 다시 태어났으면 한다.

바람

　나는 몸이 없고 형체도 없어요. 당신 곁에 오래 머물 수도 없고 당신과 함께 살 수도 없어요. 그렇지만 당신을 사랑해요. 그건 당신도 알 거예요.

　나는 손도 없고 발도 없어요. 당신과 정답게 볼을 비빌 수도 없고 당신과 어깨 기대어 마주 설 수도 없어요. 그렇지만 당신을 만질 수는 있어요. 그건 당신도 느낄 거예요.

　나의 몸은 다만 자취. 나의 마음은 다만 흐느낌. 자취와 흐느낌만으로 당신을 그리워해요. 당신을 사랑해요. 그건 앞으로도 오래 그럴 거예요.

강연 출근

오늘은 햇빛이 맑은 날. 맑은 가을날. 그리고 한글날. 쉬는 날인데도 집에 있지 않고 기차를 타고 강연을 간다.

강연 여행. 날마다 강연 여행. 아니, 소풍. 아내가 강연하러 가는 나를 위해 간식까지 마련해주었으니 강연 여행이 아니고 무언가. 강연 소풍이 아니고 무언가.

사람과 사람이 만나려면 적어도 세 가지의 축복이 있어야 한다. 장소의 축복. 시간의 축복. 무엇보다도 살아 있음의 축복, 생명의 축복이 있어야 한다.

어쨌든 좋다. 강연 여행. 강연 소풍. 어딘지 모르고 간다. 누군지 모르고 만난다. 그래도 좋다. 그래도 즐겁다. 날마다 강연 출근. 오늘도 나는 이렇게 살아 있는 사람이어서 고마울 뿐이다.

어머니의 축원

늙지 말고 가거라.
어디든 가거라.

고운 얼굴 눈부신 모습 치렁한 머리칼 그대로 바람에 날리며 햇빛에 반짝이며 강물 위를 걸어서 가거라. 푸른 들판을 밟으며 가거라. 모래밭 서걱이며 사막을 건너라. 그래서 네가 되거라. 네가 되고 싶은 오로지 네가 되거라. 굳이 이곳으로 돌아오려고 애쓰지는 말거라. 그곳에서 씨를 뿌리며 너도 나무가 되거라. 강물이 되거라. 들판이 되거라.

늙지 말고 가거라.
청춘인 그대로 가거라.

5부

참 다행한 일이다

세 번째 악몽

꿈속에서 나는 가난한 아들이거나 손자거나 형이거나 오빠거나 선생님. 할머니가 돈을 달라는데 드리지 못하고 아버지나 어머니에게 돈을 드리고 싶은데 아무리 찾아도 돈이 없고 동생들이나 제자들에게 용돈이라도 좀 주고 싶은데 돈이 없어 마음이 아픈 사람. 괴로워 가슴이 아프고 당황스러워 어쩌지 못하다가 꿈을 빠져나온다. 그러고는 아 꿈이었구나, 꿈이어서 다행이구나 가슴을 쓸어내린다.

아직은 아내가 없고 아이도 없었던 그 사람.

조금 서러워지는 마음

가로등은 언제 켜지고 언제 꺼지는 것일까? 하루에 한 차례씩 꺼지고 한 차례씩 켜지는 가로등. 아무도 관심을 갖지 않는 일들.

정말로 가로등은 언제 켜지고 언제 꺼지는 것일까? 병원에 장기 입원 환자로 있을 때 나는 하루 저녁, 잠자는 걸 포기한 채 그걸 꼬박 확인해본 적이 있다.

가로등은 정말로 눈 깜짝할 사이에 켜지고 눈 깜짝할 사이에 또 꺼졌다. 하지만 아무도 그걸 눈치채는 사람은 없었다.

지금도 가끔 이른 아침이나 저녁 시간 오가는 길에 그걸 골똘히 생각하며 가로등을 살필 때 있다. 가로등은 과연 언제 켜지고 언제 꺼지는 것일까?

그건 사소한 일이지만 분명히 중요한 일. 바로 그것이 한 생명의 태어남과 사라짐과 닮았고 우리 또한 그렇게 세상에 와서 살다가 세상을 뜰 것이기 때문이다. 아무도 눈치채지 않게 가뭇없이 말이다.

　이런 걸 생각하면 아직도 살아 있는 목숨인 내가 조
금 안쓰러워지고 서러워지기도 한다.

내상

로마의 영웅 카이사르를 죽게 한 것은 적군이 아니었다. 세상에서 가장 가까웠던 사람, 가장 아꼈던 사람, 자식같이 믿었던 사람, 브루투스에 의해서였다. 브루투스가 칼을 들었을 때 카이사르는 그 칼을 거부하지 않았다. 아들 같은 사람의 칼을 맞고 카이사르는 고요히 숨을 거두었다. 브루투스가 자신의 분신이었기 때문이다. 이런 걸 내란이라 하고 내상이라고 부른다. 그 어떤 방법으로도 해결할 길이 없다. 보통 사람들도 일생을 두고 브루투스 같은 사람을 안 만들고 사는 것이 상책이다. 나는 대체 누구의 브루투스였으며 나에겐 또 누가 브루투스였을까? 나같이 졸렬한 인생을 산 사람도 아들딸들에게 존경받고 아내 되는 사람에게 신뢰받기가 그 어떠한 일보다 어려운 일이었음을 고백한다.

별

별은 멀다. 별은 작게 보인다. 별은 차갑게 느껴진다. 그렇지만 별은 별이다. 멀리 있고 작게 보이고 차갑게 느껴진다고 해서 별이 아닌 건 아니고 또 별이 없는 건 절대로 아니다.

별을 품어야 한다. 눈물 어린 눈으로라도 별을 바라보아야 한다. 남몰래 별을 가슴속에 품고 살아야 한다. 별이 작게 보이고 별이 차갑게 보이고 별이 멀리 있다고 해서 별을 품지 않아서는 정말 안 된다.

누구나 자기의 별을 하나쯤은 마음속에 지니고 사는 것이 진정 아름다운 인생이고 멀리까지 씩씩하게 갈 수 있는 삶이다. 그렇지 않을 때 그 사람은 흘러가는 삶을 살 수밖에 없다. 남을 따라서 흉내 내는 삶을 살 수밖에 없다.

아들아, 네 삶의 일생일대 실수는 어려서부터 네가 너의 별을 갖지 않은 것! 어쩌면 좋으냐. 내가 너에게 너의 별을 갖도록 안내해주지 못한 것부터가 잘못이었구

나. 후회막급이다.

요절

일찍 세상을 떠난 사람을 이르는 말. 그것도 재주 있고 장래성 있는 사람이 일찍 세상을 버렸을 때 아까워서 안타까워서 한탄 삼아 하는 말.

나무로 친다면 싱싱하게 물이 올라 자라는 나무거나 꽃을 피운 나무거나 열매를 매단 나무가 비바람에 꺾이거나 뿌리 뽑힌 것을 이르는 말이다.

하지만 요절은 세상에서 그가 저지를 수 있는 실수를 보다 많이 줄일 수 있는 유일한 길. 그때 그 사람이 세상을 일찍 버렸으므로 뒤에 남은 사람들이 그를 애석해하고 그 애석함이 끝내 아름다움이 되고 칭찬으로 남기도 한다.

그렇다면 요절은 행운이고 기회일 수 있다. 정말로 좀 일찍 세상에서 떠났으면 좋았을 사람이 너무 오래 살아남아 너무 많은 실수를 하는 걸 본다는 건 치욕이고 고통이다.

나도 누군가에게 그런 치욕과 고통을 주는 사람으로 힘겨워 헐떡이는 지구에 너무 오래 빌붙어 사는 목숨인지 심각히 한번 생각해볼 일이다.

우리가 세상에 없는 날

여보, 아는 사람들 만나 끼니때가 되거든 밥이라도 자주 먹읍시다. 우리가 세상에 없는 날 사람들 우리더러 밥이라도 같이 먹어준 사람이라고 말할 수 있게.

여보, 우리가 가진 것 둘이 있다면 그중에 하나는 남에게 돌립시다. 우리가 세상에 없는 날 사람들 우리더러 자기가 가진 것 나눈 사람이라는 말이라도 할 수 있게.

여보, 무언가 하고 싶은 말 많은 사람 만나거든 그 사람 말이라도 잘 들어줍시다. 우리가 세상에 없는 날 사람들 우리더러 남의 말 잘 들어준 사람이라는 말이라도 할 수 있게.

시간이 없어요. 우리에겐 시간이 많지 않아요. 하루하루가 최선의 날이고 순간순간이 그야말로 금쪽이에요.

내가 없다

세상에 내가 아예 없는 날이 있다. 우선 집에 없고 오랫동안 밥벌이하던 학교에 없고 친구나 후배 시인들 이랑 어울려 노닥거리던 음식점이나 술집에 없다. 그렇 다고 정년 후 한동안 일하던 문화원에도 없고 행사장에 도 없고 아내와 함께 다니던 수원지 산책로에도 없고 시 내 어디 길가에도 없다. 아무리 자세히 둘러보아도 없 다. 문학잡지 목차에도 없고 지난해 발표된 좋은 시 가 려 뽑아 만든 책에도 내 이름은 빠져 있고 더러는 문인 들 주소록에도 빠져 있다. 그러면 도대체 나는 어디에 있단 말인가? 내가 가르친 수없이 많은 아이들 추억 속 에 있는 걸까? 아니면 우리 가족들, 아내나 우리 집 아 이들 마음속에 있는 걸까? 혼자 걸어 다니는 걸 좋아하 고 풀꽃을 좋아했으니 어디쯤 쭈그리고 앉아 지금 풀꽃 을 보고 있거나 풀꽃 그림을 그리고 있는 걸까? 아예 풀 꽃 꽃잎에 꽃물이 되어 스며버린 걸까? 그 옆에 새소리 혼자 듣다가 또 새소리 속에 빠져들어 가버린 걸까? 아 무리 찾아도 나는 없다. 찾다가 찾다가 지쳐서 돌아오 는 길. 강변으로 뻗은 좁은 길로 자전거 타고 가는 자그 만 몸집의 한 남자 노인을 보았다. 낡은 초록색 자전거였다. 어딘지 가고 있었다. 목적지가 있거나 볼일이 있는 것도 아닌 성싶었다. 그냥 천천히 가고 있었다. 노형, 지금 어디를 가시는 거요? 얼굴을 들어 이쪽을 보는데 그게 바로 나였다. 아, 저기 내가 있었구나. 나는 세상 어디에도 없고 그렇게 거기 있었다.

가시

　오늘 또 꽃밭 작업을 하다가 가시에 찔렸다. 작업용 실장갑을 끼고 일을 했는데 두 번이나 가시가 손가락을 찌르는 거였다. 아주 가늘고도 투명한 가시다. 지난해던가 이 장갑을 끼고 백년초라는 선인장을 다뤘는데 그때 장갑에 가시가 박혔다가 다시 내 손을 찌른 것이다. 잘 보이지도 않고 잘 빠지지도 않는 가시. 사람을 십상 성가시게 하고 아프게 하는 가시.

　가시에 시달리면서 생각해본다. 나도 지금까지 누구에겐가 이렇게 성가시고 아픈 가시가 된 일은 없었을까? 살아온 날이 많으니 왜 그런 일이 없었을까. 우선 어려서 가난한 집에서 자랄 때 두레상에 둘러앉아 서로 눈치 살피며 밥을 먹었고 밤에도 이불 한 장으로 네다섯 형제가 덮고 잤으니 어린 동생들에게 내가 얼마나 많은 가시를 주었을까. 미안하다. 미안했다. 늙은 형이 미안했고 늙은 오빠가 잘못했다. 형제들에게 머리 조아려 잘못을 빌어본다.

　교직 생활도 길고 가르친 제자들도 많으니 제자들에

게는 얼마나 많은 가시를 주었을까? 또 아내와 결혼해 살면서 아내에게는 또 얼마나 많은 가시를 주었을 것이며 아이 둘 낳아 기르면서 아이들에게는 또 얼마나 많은 무리를 했을까. 미안하다. 미안해. 내가 잘못했다. 미안해요. 여보 내가 잘못했어요. 그리고 아이들아, 너희들에게도 아비가 잘못했다. 눈앞에 있지도 않은 아내와 제자들과 자식들에게 머리 주억거리며 빌어본다.

새벽 감성을 당신에게

고마워요. 고마워요. 차마 그 말조차 하기 어렵네요. 미안해요. 미안해요. 그 말은 더욱 어렵고요. 우리를 대신해서 힘들고 우리를 대신해서 지치고 우리를 대신해서 고달프고 우리를 대신해서 아프기도 한 당신. 당신에게 무슨 말을 드려야 할는지요……. 다만 당신의 청춘과 건강을 바쳐 우리가 건강을 되찾고 우리의 청춘이 다시 청춘인 걸 알아요.

고마워요. 미안해요. 감사해요. 이제는 이 말을 좀 받아줘요. 그러고는 우리 같이 가요. 혼자가 아니라 같이 가요. 아무리 힘든 일이라도 함께하면 조금씩 쉬워지지요. 아무리 먼 길이라도 함께 가면 조금씩 가까워지지요. 그래요. 우리는 혼자가 아니에요. 나와 함께 당신이고 당신과 함께 나예요. 그 말이 새삼 가슴에 힘이 됩니다.

너무 힘들어하지 마세요. 초대 없이 찾아온 이 세상, 우리는 날마다 사는 일에 서툴고 하루하루가 처음 사는 인생이지요. 그러기에 더욱 우리네 인생은 순간순간 새롭고 싱싱하고 가슴 설레는 여행이지요. 여행길에서

만나는 사람들이지요. 힘내세요. 당신 곁에 내가 있어
요. 당신과 함께 숨을 쉬고 있고 자박자박 힘들고 지친
당신 발걸음에 내 작은 발걸음을 보태고 있어요.

그래요. 우리 힘든 여행길 너무 힘들지 않게 떠나요.
오로지 당신이 있기에 내가 있고 내가 있어 당신이 있음
을 믿어요. 힘들더라도 조금 덜 힘드시고 지치더라도 조
금 덜 지치시고 마음 아프더라도 조금 덜 아프시기 바라
요. 인생의 끝날, 우리 같이 웃기를 바라요.

흰죽

　어려서 학교 갔다 와서 몸이 아프면 무조건 방에 들어가 이불을 덮고 잠을 잤다. 그러면 외할머니 옆에 와서 이마를 짚으시면서 얘가 몸이 많이 아프구나, 말씀하시며 흰죽을 쑤어주셨다. 쌀알이 곱게 몸을 녹여 만들어진 흰죽. 맨간장에 한 숟갈씩 떠서 먹으면 아픈 몸이 조금씩 풀리면서 천천히 좋아지던 흰죽. 흰죽 속에는 외할머니의 마음이 들어 있다. 한평생 하얀 치마저고리에 쪽을 찌고 살았던 외할머니. 한평생 외손자인 나 한 사람만을 위해서 희생을 아끼지 않으셨던 분. 흰죽 속에는 외할머니의 숨결이 들어 있다. 지금도 몸이 아프면 흰죽을 쑤어주는 아내가 있으니 참 다행한 일이다.

반전

모처럼 외갓집 마을을 찾아간 적이 있다. 어려서 살던 외갓집 마을이 깡그리 변해 있었다. 집이며 길이며 밭이며 나무들이 바뀌고, 바뀌지 않은 건 오직 외갓집 뒤에 서 있던 은행나무 고목 하나와 마을의 공동 우물터.

쓸쓸한 마음으로 찾아간 마을의 뒤편. 그곳은 전혀 변하지 않고 있었다. 봉분조차 망가진 무덤이며 이름이 지워진 빗돌이며 옛날의 숲길이 그대로 수줍게 몸을 낮춘 채 나를 기다리고 있었다.

그래, 그래, 고개를 끄덕이며 다가오는 잊힌 기억이며 느낌들. 서서히 편안해지기 시작하는 마음. 잊히고 버려짐으로 오히려 변하지 않을 수 있었다니!

숲

섭섭아, 우리는 숲으로 가자. 손잡고 푸르른 숲으로 가자. 숲에 가면 소나무 밤나무 물푸레나무 갈참나무 너도밤나무 어우러져서 자라고, 멍가 열매 개암 열매 머루 다래 때로는 빨간 까치밥이며 으름 익어 있어 좋지 않으냐. 산토끼 노루 다람쥐 여우 어우러져 뛰놀고 산비둘기 장끼 부엉이 뻐꾸기 박새 굴뚝새 날아오르는 속에 우리도 한 마리씩 산짐승이어서 족하지 않으냐.

섭섭아, 손잡고 숲속의 오솔길에 서면 아직도 우리는 볼이 붉어 갈래머리 기집애 까까머리 머스매. 소나무 아래 불던 푸르른 솔바람 소리 여전하니 너는 얼른 제비꽃 따서 머리에 꽂고 귀밑머리 바람에 날리고, 나는 햇살을 물고 나르는 개똥지빠귀 곤줄박이 우리들이 쫓다 놓쳐버린 산새들이나 따라가자. 산밤들 주워 조끼 주머니에 넣고 개암 열매 깨트려 먹고 해 저물도록 갈퀴나무도 하자. 부스스하니 불담이 없던 가랑잎나무, 긁기는 어렵지만 불담이 좋던 솔가리나무…… 솔가리나무를 때서는 할머니 방 화롯불을 담아드렸지. 추워도 추운 줄 모르고 가난해도 가난한 줄 모르던 우리. 가난이 어찌 우리에게 죄가 되랴. 가난이 어찌 우리에게 부끄럼이 되랴.

섭섭아, 아직도 우리는 손잡고 숲으로 가자. 숲속에는 우리가 다 하지 못한 옛날얘기의 실꾸리가 떨어져 있다. 숲속에는 우리가 마저 다 부르지 못한 노래의 새싹들이 자라고 있다. 숲에 들면 우리들도 하나의 푸르른 나무, 나무 아니면 솔바람 소리, 물소리. 이윽고 우리 몸에서도 비린 풀냄새가 나서 좋지 않겠느냐. 골짜기 냄새, 싸리꽃 더덕 도라지꽃 냄새, 그리하여 산짐승 냄새라도 번져서 정겹지 않겠느냐.

막동리의 아이들

막동리의 아이들은 가을 저녁 하늘에 노을이 물들기 시작하면 온 동네 아이들이 모두 고샅길로 왈칵 쏟아져 나와 어둠이 물들기 시작하는 들판으로 나섭니다. 걸음을 잘 걷지 못하는 젖먹이들까지 큰아이 등에 업혀 서로 앞서가려고 다투며 저무는 들판 한가운데로 나아갑니다. 누가 들판 한가운데에서 부르는 것도 아니고 누가 시키는 일도 아니련만 아이들은 매일 저녁 그 일을 계속합니다. 그러나 아이들의 발길은 한 마장을 더 못가고 돌아서기 마련입니다. 밀물 드는 바닷가에 무동서는 밀물결이 막아서듯 들판 끝에서부터 밀려오는 어둠이 아이들의 발길을 막아서기 때문입니다. 아이들은 들판을 향해 나아갈 때와는 달리 돌아올 때는 정답게 손잡거나 어깨동무하고 돌아옵니다. 낮에 티격태격 싸우던 일도 서로 서먹했던 일도 깡그리 다 잊어 먹고 친한 동무가 되어 돌아옵니다. 아이들을 무섭게 해주고 아이들을 또 다정하게 해주는 두 개의 얼굴을 가진 어둠이 아이들을 그렇게 만들어주는 모양입니다.

바다 2

한 번은 좋아서 미쳐버리고 두 번은 좋아서 죽어주
자던 바다, 바다, 바다, 바다. 수없이 많은 정신의 반딧
불들만 모여 파닥이는 일렁이는 바다, 바다. 그래도 그
것뿐일 수밖에 없는 누천累千, 누만년累萬年을 기다리고
기다려봐도 일어서지도 넘어지지도 못하고 그저 늘펀
히 그대로 늘어져 있는 것밖엔 아무 재주도 없는 너 바
다, 바다. 너무 오래 용상에 앉아 땀띠 돋은 선덕여왕
의 희뿌연 엉덩이의 살, 그녀 선덕여왕을 너무 사모해 새
까맣게 타서 재가 된 지귀志鬼의 뼈다귀. 또 다른 한 선덕
여왕과 한 지귀의 뼈다귀. 모두 모여 손으로 발로 긁고
두드리고 피 흘리며 눈물 찔끔 진물 흘리며 오늘에 이
른 너 만년 혁명주의자, 만년 행려병자, 만년 반항아여!

오늘은 내 너 앞에 혼자 찾아와 혼자 파닥이며 일
렁이며 눈물 글썽글썽 잘못 꾸려온 어제와 잘못 꾸려
갈 내일까지 보태어 뉘우치며 뉘우치며 서 있느니, 소금
바람에 전 건포乾脯가 되어가고 있느니, 언제쯤 된서리에
이마빼기 벼슬이 더 빨개져 어둠에서 길을 찾아오는 수
놈 기러기의 길이 내게도 열려 서러운 나의 길을 떠날까

보냐, 길 없는 바다에 뱃길을 내며 나도 훨훨 떠날 수 있을까 보냐, 발돋움해 보는 바다. 바다, 바다, 바다, 바다. 너 누천만년累千萬年 비생활인非生活人의 피인 바다, 바다, 우리의 썩지 않는 어깨여.

토담집

허물어진 장독대 옆에 붓꽃은 열 개 스무 개씩 꽃대
를 세우고 저 혼자 하늘빛 물이 들었습니다. 낮이면 울
밑 꽈리나무며 봉숭아꽃 집을 지키고 밤이면 고목나무
에 부엉이가 와서 집을 지키는 하늘 가까이 하늘 가까
이보다 별빛 가까이 바람 끝에 앉아 있는 까치집같이 까
치집같이 밤이 와도 들창문에 일찍 불 켜지지 않는 집.
외할머니 혼자 사시는 오막살이 그 토담집.

계수씨 2
— 엄마 사과장수

그이는 일등병이구요 저는 사과장수구요 의붓시어머니 밑에서 남편 없는 시집살이 견딜 수 없어 군대에 입대한 그이 따라와 사과장수 하며 입에 풀칠하는 사과장수예요. 우린 둘이 다 배운 것도 없고 가진 것도 없고 부모 복도 지지리 못 타고난 사람들이어요. 하루 종일 세 살배기 등에 업고 사과함지 머리에 이고 이집 저집 사과 좀 갈아주세유, 찾아다니려면 배가 고프고 다리도 아파 그만 길바닥에 풀썩 주저앉고도 싶어요. 안 갈아주는 집을 돌아 나올 때 부끄럽기도 하고 서글프기도 하여 한숨 좀 쉬면 등에 업힌 아이가 아이 씨팔 엄마 속상해서 그래, 하지 말래도 어디서 배웠는지 욕질을 해대는 바람에 누가 들을세라 쫓기듯 대문을 넘어서기도 해요. 하루 장사를 끝내고 보면 몇백 원 남을 때도 있고 밑갈 때도 있어요. 그렇지만 아침마다 아이 등에 업고 사과함지 머리에 이고 나면 라면을 끓여 먹고 국수를 먹었어도 저절로 힘이 솟아요. 저도 모르게 힘이 솟아요. 등에 업힌 아이만은 내 힘으로 길러야 한다 생각하면 부끄럼도 사라져요. 여자는 약해도 엄마는 강하다는 누군가의 말을 무식한 대로 저도 알 것 같아요. 저녁때 아이와 함

께 파김치가 다 되어 땀과 먼지에 절어 돌아오지만 아침
마다 우리는 웃으며 떠나요. 떠오르는 해를 보며 웃으
며 저 험한 세상인심 한복판으로 칼날 번쩍이는 전쟁터
로 가슴속에 간직한 칼날 하나도 없이 떠나요. 장삿길
로 나서요.

편지를 대신하여
— 평론가 이숭원 교수에게

목숨 가진 한 사람이 목숨 가진 한 사람을 알아준다는 것은 얼마나 힘든 일인지요? 나는 당신이 나의 시에 대해서 써준 해설문을 읽고 얼마나 고마웠고 감격했는지 모릅니다. 어쩌면 그렇게 나의 시에 대해 잘 알고 나의 시에 대해 속 깊은 헤아림을 가지고 글을 쓸 수 있었는지 너무나 놀라웠습니다. 이 세상에서 가장 깊은 사람의 마음 쓰임이 '나보다 더 나를 잘 알아주는 마음'이라 그럴 때 당신의 해설문은 나보다 더 잘 나에 대해서, 나의 시에 대해서 알아주는 글이었고 차라리 당신의 글은 나의 시세계를 안쓰럽게 두 팔로 보듬어주는 그러한 글이었습니다. 지난해 사월 어느 날로 기억합니다만 아마도 그건 새벽 네 시쯤 되는 시각이었을 겁니다. 집 식구들 곤히 잠든 옆에서 새벽잠 깨어 부스럭거리다가 에라 새로 잠을 청하기도 어려운 판에 교정지나 읽어보자 그런 생각으로 출판사에서 보낸 당신의 해설문 읽어 내려갔던 것이지요. 이럴 수가 있을까? 이렇게 나의 시에 대해서 소상히 이해해주는 사람이 이 세상에 있을 수 있을까? 그것은 나로서는 얼마나 고마운 일이요, 눈물겨운 횡재였던가! 나는 그만 당신의 글을 읽다가 울컥 치미는 울음을 참지 못했던 겁니다. 남의 글을 읽다가 흐느껴 울다니 사내가 울어야 할 일도 되게 없기는 없었구나 그러겠지만 그 울음은 내게 참으로 오랜만의 울음이었고 가슴 밑바닥서부터 우러나오는 깊은 울음이 분명했습니다. 그래, 당신에게 이러한 사연을 편지로 쓰고 싶었지만 어쩐지 쑥스러운 생각이 들어 마음으로만 그래야지 했을 뿐 쉽사리 실천으로 옮기지 못했습니다. 평론가 이숭원 선생. 아직 당신을 한 번도 만나본 일은 없지만 당신이 써준 나의 시에 대한 해설문, 감사했습니다. 물 한 모금, 꽃 한 송이 없는 세상. 당신은 내게 한 모금 맑은 물과 향기로운 꽃을 더불어 건네준 겁니다. 용기백배 열심히 살겠고 시의 끈 놓지 않겠습니다. 그동안 오래 가슴속에 품고 다니며 지웠다간 다시 쓴 편지, 이 글로 대신합니다. 두루 혜량하시압.

시 목록

〈이십 년 후〉, 제13시집 《딸을 위하여》, 대교출판사, 1990

〈낮은 기도〉, 제13시집 《딸을 위하여》, 대교출판사, 1990

〈과원에서 본 흰 구름〉, 제13시집 《딸을 위하여》, 대교출판사, 1990

〈사범학교 동창회〉, 제14시집 《두 마리 학과 같이》, 진솔, 1990

〈금학동〉, 제14시집 《두 마리 학과 같이》, 진솔, 1990

〈서울 외숙〉, 제14시집 《두 마리 학과 같이》, 진솔, 1990

〈홍기화〉, 제14시집 《두 마리 학과 같이》, 진솔, 1990

〈장양숙〉, 제14시집 《두 마리 학과 같이》, 진솔, 1990

〈이동섭〉, 제14시집 《두 마리 학과 같이》, 진솔, 1990

〈세 소년〉, 제14시집 《두 마리 학과 같이》, 진솔, 1990

〈시래기 국밥집〉, 제14시집 《두 마리 학과 같이》, 진솔, 1990

〈동학혁명탑〉, 제15시집 《훔쳐보는 얼굴이 더 아름답다》, 일지사, 1991

〈오줌통〉, 제15시집 《훔쳐보는 얼굴이 더 아름답다》, 일지사, 1991

〈중국통신 1〉, 제15시집 《훔쳐보는 얼굴이 더 아름답다》, 일지사, 1991

〈중국통신 2〉, 제15시집 《훔쳐보는 얼굴이 더 아름답다》, 일지사, 1991

③부 　당신이 오셔서 읽어도 좋겠소

〈골목길〉, 제21시집 《슬픔에 손목 잡혀》, 시와시학사, 2000

〈사마귀〉, 제21시집 《슬픔에 손목 잡혀》, 시와시학사, 2000

〈선물〉, 제21시집 《슬픔에 손목 잡혀》, 시와시학사, 2000

〈이중무늬〉, 제21시집 《슬픔에 손목 잡혀》, 시와시학사, 2000

〈군자고기〉, 제21시집 《슬픔에 손목 잡혀》, 시와시학사, 2000

〈폭설〉, 제21시집 《슬픔에 손목 잡혀》, 시와시학사, 2000

〈놀러 오는 백두산〉, 제21시집 《슬픔에 손목 잡혀》, 시와시학사, 2000

〈찡코〉, 제21시집 《슬픔에 손목 잡혀》, 시와시학사, 2000

〈모처럼 맑은 하늘〉, 제21시집 《슬픔에 손목 잡혀》, 시와시학사, 2000

〈풀밭 속으로〉, 제21시집 《슬픔에 손목 잡혀》, 시와시학사, 2000

〈이웃사촌〉, 제21시집 《슬픔에 손목 잡혀》, 시와시학사, 2000

〈어머니의 밥주걱〉, 제21시집 《슬픔에 손목 잡혀》, 시와시학사, 2000

〈화해〉, 제21시집 《슬픔에 손목 잡혀》, 시와시학사, 2000

〈닭곰탕〉, 제21시집 《슬픔에 손목 잡혀》, 시와시학사, 2000

〈삼대〉, 제21시집 《슬픔에 손목 잡혀》, 시와시학사, 2000

〈퇴근길〉, 제21시집 《슬픔에 손목 잡혀》, 시와시학사, 2000

〈나팔꽃〉, 제21시집 《슬픔에 손목 잡혀》, 시와시학사, 2000

〈노〉, 제21시집 《슬픔에 손목 잡혀》, 시와시학사, 2000

〈하산길〉, 제21시집 《슬픔에 손목 잡혀》, 시와시학사, 2000

〈아침〉, 제21시집 《슬픔에 손목 잡혀》, 시와시학사, 2000

〈언덕 위의 바다〉, 제21시집 《슬픔에 손목 잡혀》, 시와시학사, 2000

〈군생각〉, 제21시집 《슬픔에 손목 잡혀》, 시와시학사, 2000

〈해피엔딩〉, 제22시집 《섬을 건너다보는 자리》, 푸른사상사, 2001

〈소나무〉, 제22시집 《섬을 건너다보는 자리》, 푸른사상사, 2001

〈새벽꿈〉, 제23시집 《산촌엽서》, 문학사상사, 2002

〈다시 백두산〉, 제23시집 《산촌엽서》, 문학사상사, 2002

〈개망초〉, 제23시집 《산촌엽서》, 문학사상사, 2002

〈후회〉, 제23시집 《산촌엽서》, 문학사상사, 2002

〈두 이름〉, 제23시집 《산촌엽서》, 문학사상사, 2002

〈슬픈 유산〉, 제23시집 《산촌엽서》, 문학사상사, 2002

〈가슴이 콱 막힐 때〉, 제24시집 《이세상 모든 사랑》, 일지사,
  2005

〈당신 탓〉, 제24시집 《이세상 모든 사랑》, 일지사, 2005

〈흰 구름 위에〉, 제24시집 《이세상 모든 사랑》, 일지사, 2005

〈걱정되는 사람〉, 제24시집 《이세상 모든 사랑》, 일지사,
  2005

〈이별 예감〉, 제24시집 《이세상 모든 사랑》, 일지사, 2005

〈가을 반성문〉, 제25시집 《쪼끔은 보랏빛으로 물들 때》, 시학,
  2005

〈좋은 날〉, 제25시집 《쪼끔은 보랏빛으로 물들 때》, 시학,
  2005

〈고구려의 날개〉, 제25시집 《쪼끔은 보랏빛으로 물들 때》, 시
  학, 2005

〈내가 아는 일지사〉, 제25시집 《쪼끔은 보랏빛으로 물들 때》,
  시학, 2005

〈까닭〉, 제25시집 《쪼끔은 보랏빛으로 물들 때》, 시학, 2005

〈감동〉, 제25시집 《쪼끔은 보랏빛으로 물들 때》, 시학, 2005

〈이미 오래전의 일〉, 제25시집 《쪼끔은 보랏빛으로 물들 때》,
  시학, 2005

〈살구나무〉, 제25시집 《쪼끔은 보랏빛으로 물들 때》, 시학, 2005

〈누나〉, 제25시집 《쪼끔은 보랏빛으로 물들 때》, 시학, 2005

〈넥타이를 매면서〉, 제26시집 《물고기와 만나다》, 문학의전
  당, 2006

〈도마뱀〉, 제26시집 《물고기와 만나다》, 문학의전당, 2006

〈거기 나무가 있었다〉, 제26시집 《물고기와 만나다》, 문학의
전당, 2006

〈구멍 뚫린 잠〉, 제27시집 《꽃이 되어 새가 되어》, 문학사상
사, 2007

〈야만〉, 제27시집 《꽃이 되어 새가 되어》, 문학사상사, 2007

〈아! 어머니〉, 제27시집 《꽃이 되어 새가 되어》, 문학사상사,
2007

〈너무 그러지 마시어요〉, 제28시집 《눈부신 속살》, 시학,
2008

4부 **짧지만 짧지 않은 인생 드라마**

〈너를 보았다 2〉, 제31시집 《너를 보았다》, 종려나무, 2012

〈집〉, 제33시집 《세상을 껴안다》, 지혜, 2013

〈짧지만 짧지 않은〉, 제33시집 《세상을 껴안다》, 지혜, 2013

〈망발〉, 제33시집 《세상을 껴안다》, 지혜, 2013

〈이 나쁜 사람아〉, 제33시집 《세상을 껴안다》, 지혜, 2013

〈나무, 오래된 친구〉, 제34시집 《자전거를 타고 가다가》, 푸른길,
2014

〈별〉, 제34시집 《자전거를 타고 가다가》, 푸른길, 2014

〈등판〉, 제34시집 《자전거를 타고 가다가》, 푸른길, 2014

〈독배〉, 제34시집 《자전거를 타고 가다가》, 푸른길, 2014

〈조그만 시인〉, 제35시집 《돌아오는 길》, 푸른길, 2014

〈구월의 산행〉, 제35시집 《돌아오는 길》, 푸른길, 2014

〈안부〉, 제36시집 《한들한들》, 밥북, 2015

〈붉은 동백꽃 어여쁜 그리움〉, 제36시집 《한들한들》, 밥북,
2015

〈한들한들〉, 제36시집《한들한들》, 밥북, 2015

〈잃어버린 시〉, 제38시집《틀렸다》, 지혜, 2017

〈애벌레〉, 제38시집《틀렸다》, 지혜, 2017

〈팔불출〉, 제39시집《그 길에 네가 먼저 있었다》, 밥북, 2018

〈며늘아기에게〉, 제39시집《그 길에 네가 먼저 있었다》, 밥북, 2018

〈오아시스〉, 제42시집《너와 함께라면 인생도 여행이다》, 열림원, 2019

〈바람〉, 제42시집《너와 함께라면 인생도 여행이다》, 열림원, 2019

〈강연 출근〉, 제42시집《너와 함께라면 인생도 여행이다》, 열림원, 2019

〈어머니의 축원〉, 제42시집《너와 함께라면 인생도 여행이다》, 열림원, 2019

⑤부 참 다행한 일이다

〈세 번째 악몽〉, 제46시집《제비꽃 연정》, 문학사상, 2020

〈조금 서러워지는 마음〉, 제47시집《너 하나만 보고 싶었다》, 시와에세이, 2021

〈내상〉, 제49시집《너무 잘하려고 애쓰지 마라》, 열림원, 2022

〈별〉, 제49시집《너무 잘하려고 애쓰지 마라》, 열림원, 2022

〈요절〉, 제49집《너무 잘하려고 애쓰지 마라》, 열림원, 2022

〈우리가 세상에 없는 날〉, 제49시집《너무 잘하려고 애쓰지 마라》, 열림원, 2022

〈내가 없다〉, 제49시집《너무 잘하려고 애쓰지 마라》, 열림원, 2022

〈가시〉, 제49시집 《너무 잘하려고 애쓰지 마라》, 열림원,
　　2022

〈새벽 감성을 당신에게〉, 제50시집 《좋은 날 하자》, 샘터,
　　2023

〈흰죽〉, 제50시집 《좋은 날 하자》, 샘터, 2023

〈반전〉, 제50시집 《좋은 날 하자》, 샘터, 2023

〈숲〉, 제54시집 《낙수시집》(가제)

〈막동리의 아이들〉, 제54시집 《낙수시집》(가제)

〈바다 2〉, 제54시집 《낙수시집》(가제)

〈토담집〉, 제54시집 《낙수시집》(가제)

〈계수씨 2〉, 제54시집 《낙수시집》(가제)

〈편지를 대신하여〉, 제54시집 《낙수시집》(가제)